MP3

全|新|修|訂|版

日檢 N3

聽解 總合對策

日檢聽解名師 **今泉江利子** 著

N3聽解
必考
重點整理
+
圖解
流程分析
五大題型
+
4回
全新
模擬試題
=
最完整的
聽解祕笈

每天背10個單字或句型 ◦◦◦ **20天掌握必考關鍵字!**

每週寫1回模擬試題 ◦◦◦ **4週有效訓練作答能力!**

考前反覆聽MP3 ◦◦◦ **熟悉語速不驚慌!**

日檢 N3 聽解総合対策 / 今泉江利子著 . -- 修訂一版 . --
臺北市：日月文化 , 2018.06
248 面 ; 19X26 公分 . --（EZ JAPAN 檢定 ; 29）

ISBN 978-986-248-727-3（平裝附光碟片）

1. 日語　2. 能力測驗

803.189　　　　　　　　　107006112

EZ JAPAN 檢定 29

日檢N3聽解總合對策（全新修訂版）

作　　　者	今泉江利子
譯　　　者	林郁鳳、游翔皓
主　　　編	蔡明慧
編　　　輯	彭雅君
編 輯 小 組	鄭雁聿、顏秀竹、陳子逸、楊于萱、曾晏詩
特 約 編 輯	黃嘉韻、陳奕霖
錄　　　音	今泉江利子、須永賢一、吉岡生信
封 面 設 計	亞樂設計
內 頁 排 版	簡單瑛設
錄 音 後 製	純粹錄音後製有限公司

發 行 人	洪祺祥
副 總 經 理	洪偉傑
副 總 編 輯	曹仲堯
法 律 顧 問	建大法律事務所
財 務 顧 問	高威會計師事務所
出　　　版	日月文化出版股份有限公司
製　　　作	EZ叢書館
地　　　址	臺北市信義路三段151號8樓
電　　　話	（02）2708-5509
傳　　　真	（02）2708-6157
客 服 信 箱	service@heliopolis.com.tw
網　　　址	www.heliopolis.com.tw
郵 撥 帳 號	19716071 日月文化出版股份有限公司

總 經 銷	聯合發行股份有限公司
電　　　話	（02）2917-8022
傳　　　真	（02）2915-7212
印　　　刷	中原造像股份有限公司
修 訂 一 版	2018年6月
定　　　價	320元
I S B N	978-986-248-727-3

本書特色

特點 1

掌握聽解關鍵語句，是捷徑！

今泉江利子老師累積多年觀察日檢考試出題方向，彙整了常出現的單字、句型、慣用語、口語表現。讓你快速掌握題目關鍵用語。

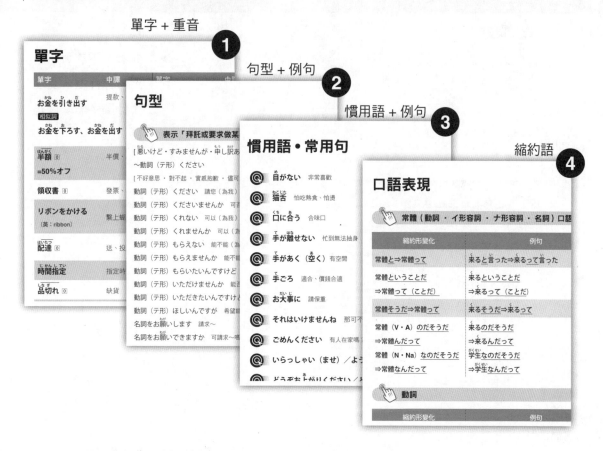

單字＋重音

單字

單字	中譯	單字	中譯
お金を引き出す	提款、		
相似詞			
お金を下ろす、お金を出す			
半額 [0]	半價、		
=50%オフ			
領収書 [0]	發票、		
リボンをかける	繫上蝴		
（英：ribbon）			
配達 [0]	送、投		
時間指定	指定時		
品切れ [0]	缺貨		

句型＋例句

句型

👆 表示「拜託或要求做某

[悪いけど・すみませんが・申し訳あ
〜動詞（テ形）ください

[不好意思・對不起・實感抱歉・儘可
動詞（テ形）ください 請您（為我）
動詞（テ形）くださいませんか 可
動詞（テ形）くれない 可以（為我）
動詞（テ形）くれませんか 可以（為
動詞（テ形）もらえない 能不能（為
動詞（テ形）もらえませんか 能不能
動詞（テ形）もらいたいんですけど
動詞（テ形）いただけませんか 能
動詞（テ形）いただきたいんですけど
動詞（テ形）ほしいんですが 希望能
名詞をお願いします 請求〜
名詞をお願いできますか 可請求〜嗎

慣用語＋例句

慣用語・常用句

@ 目がない 非常喜歡
@ 猫舌 怕吃熱食、怕燙
@ 口に合う 合味口
@ 手が離せない 忙到無法抽身
@ 手があく（空く） 有空閒
@ 手ごろ 適合、價錢合適
@ お大事に 請保重
@ それはいけませんね 那可不
@ ごめんください 有人在家嗎
@ いらっしゃい（ませ）／よう
@ どうぞお上がりください／

縮約語

口語表現

👆 常體（動詞・イ形容詞・ナ形容詞・名詞）口語

縮約形變化	例句
常體と⇒常體って	来ると言った⇒来るって言った
常體ということだ ⇒常體って（ことだ）	来るということだ ⇒来るって（ことだ）
常體そうだ⇒常體って	来るそうだ⇒来るって
常體（V・A）のだそうだ ⇒常體んだって	来るのだそうだ ⇒来るんだって
常體（N・Na）なのだそうだ ⇒常體なんだって	学生なのだそうだ ⇒学生なんだって

👆 動詞

縮約形變化	例句

必勝關鍵：請大聲複誦，加強語感。同時考前再複習一下，加深記憶。

特點 2 理解五大題型,是第一步!

完全剖析聽解五大題型的<u>題型特性、答題技巧、答題流程</u>。更將<u>答題流程圖解化</u>,方便輕鬆<u>快速掌握答題節奏</u>。<u>雙倍題目量</u>反覆練習,養成日語耳反射作答的境界。

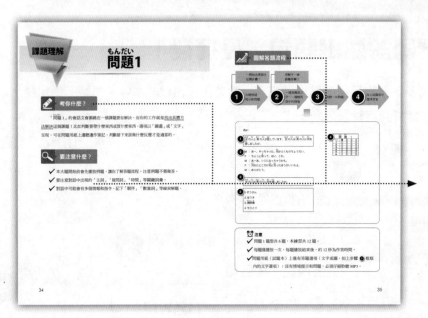

先看一下該大題型
要考你什麼?要注
意什麼?怎掌握答
題流程?

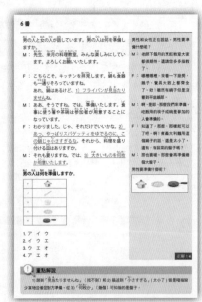

中日對譯搭配重點解說、文法與表
現,讓你知道錯在哪?立即導正!

必勝關鍵:圖解答題流程,跟著做完美應試

模擬考很重要！

三回模擬試題暖身，反覆練習讓你越做越有信心。

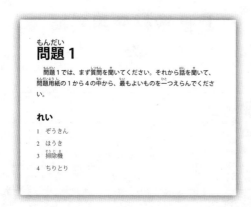

もんだい
問題 1
問題1では、まず質問を聞いてください。それから話を聞いて、問題用紙の1から4の中から、最もよいものを一つえらんでください。

れい

1　ぞうきん
2　ほうき
3　掃除機
4　ちりとり

給老師的使用小撇步

可先將書中的模擬試卷和解答撕下來統一保管，確保預試順利進行。

模擬試卷的考試題目數、出題方向、難易度、問題用紙、答題用紙、錄音語速、答題時間長短完全仿照日檢零落差。請拆下來，進行一回日檢模擬考。這一回將檢視你能掌握多少！

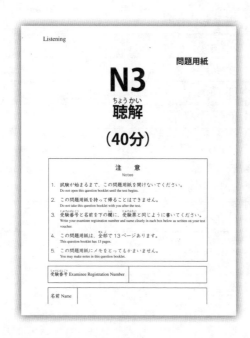

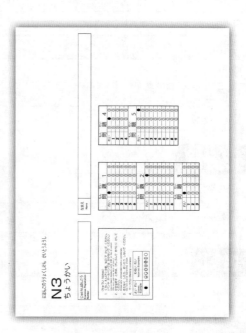

必勝關鍵：模擬試卷，請務必進行一次預試

本書品詞分類表

本書	其他教材使用名稱

動詞

動詞、V	動詞、V

動詞活用（變化）

ナイ形	未然形
マス形	連用形
字典形	辞書形、終止形、連体形
假定形	ば形、条件形
意志形	意向形、意量形
テ形	ます形＋て
タ形	ます形＋た
可能形	可能動詞
被動形	受身形
使役形	使役形
使役被動形	使役受身形

形容詞

イ形容詞、A	い形容詞、イ形容詞、A
ナ形容詞、NA	な形容詞、ナ形容詞、NA

名詞

名詞、N	名詞、N

文型

敬體	丁寧体、です体・ます体、禮貌形
常體	普通体、普通形

目次

PART3　模擬試題

別冊　模擬試卷

高頻單字句型
慣用語
口語表現
重點整理

本單元彙整了「日本語能力試驗**N3**」常出現的「單字」「句型」「慣用語／常用句」，聚焦在中級一定要熟悉的日常應對、論點感想用語。而「口語表現」常考的縮約語，是聽解一大重點。請精熟本單元的重點整理。

Part**1**

單字

單字	中譯	單字	中譯
お金を引き出す	提款、領錢	貯金する ⓪	存錢
相似詞 お金を下ろす、お金を出す		相似詞 お金を預ける、お金を入れる	
半額 ⓪ =50%オフ	半價、5折	指輪をはめる 手袋をはめる	戴戒指 戴手套
領収書 ⓪	發票、收據	桁 ⓪	～位數
リボンをかける （英：ribbon）	繫上蝴蝶結	印鑑を押す 相似詞 はんを押す、はんこを押す	蓋印章
配達 ⓪	送、投	落し物 ⓪	遺失物
時間指定	指定時間	含む ②	包含
品切れ ⓪	缺貨	予約する ⓪	預約
売り切れ ⓪	售罄、售完	席を取る	訂位
そろう ②	齊全、整齊	キャンセルする ①	取消
扱う ⓪	接待、（事情）處理、操作、經營	十分 ③	充分、足夠
あいにく ⓪	不巧	足りる ⓪	足、夠
手続き ②	手續	ぺこぺこ ⓪	空腹
申し込み ⓪	申請	カロリー ①	卡路里

單字	中譯	單字	中譯
（運転）免許証 0	（駕駛）執照	故障 0	故障
学生証 0	學生證	操作方法 4	操作方法
規則 1 2	規則	シンプル 1	簡單
パスワード 3 （英：password）	密碼	持ち運びができる	可搬運
暗証番号 5	密碼	経済的な 0	經濟上的
着替え 0	換衣服	缶 1	罐子
きっかけ 0	時機	瓶 1	瓶子
ジム 1	體育館	プラスチック 4	塑膠袋
プリントを配る	分發印刷品	ペットボトル 4	寶特瓶
稽古する 1 [相似詞] 練習する 0	練習、排練	勝つ 1 [相反詞] 負ける 0	贏、獲勝 輸
当たる 0 [相反詞] 外れる 0	中獎 落空	試験に受かる [相似詞] 合格する、通る	考上、通過
上達する 0 [相似詞] 進歩する 1	進步	不合格 2 [相似詞] 試験に落ちる	沒考上、落榜
入会金 0	入會費	受験票 0	准考證
ストレス解消になる	紓解壓力	渡す 0	交（遞）

單字句型‧慣用語‧口語表現

單字	中譯	單字	中譯
並んだ席	旁邊的座位	承諾書 ⓪	同意書
隣同士の席	隔壁的座位	シフト ①	改變、替換
たいてい ⓪	大部分	交代する ⓪	交接、交替
預かる ③	（物品）保管、擔任、保留	ボランティア ②	志願者
助ける ③	幫助	寮 ①	宿舍
1週間おき	每隔一週	面接 ⓪	接見、面試
家事 ①	家事	履歴書 ⓪	履歷表
燃えるゴミ ⓪	可燃垃圾	就職 ⓪	就業
燃えないゴミ ⓪	不可燃垃圾	通勤する ⓪	通勤、上下班
資源ゴミ ②	資源垃圾	給料 ①	薪水
リサイクル ②（英：recycle）	再利用	企画書 ⓪	計劃書、企劃書
運ぶ ⓪	（物品）搬運、（事情）進展、前往	うがいをする ⓪	漱口
サンプル ①	樣品	ずきずきする	陣痛
宛名 ⓪	收件人（姓名）	がんがんする	（頭痛）轟轟作響

單字	中譯	單字	中譯
アンケート ①	問卷	ぞくぞくする	陣陣發冷
リスト ①	名單	塗る ⓪	擦、塗
ミスする ①	錯誤、失誤	貼る ⓪	黏、貼
お礼を言う	致謝	包帯を巻く	纏繃帶
謝る ③	認錯、道歉	スケジュール ③ （英：schedule）	計劃表、時間表
いらいらする ①	焦躁、焦急狀態	週末 ⓪	週末
責任感がある	富責任感	電車が止まる	電車停駛
体を壊す 相似詞 調子が悪い、具合が悪い	把身體弄壞、 不舒服	道が込む 相似詞 渋滞する ⓪	交通壅塞
言い訳をする	辯解	飛行機が遅れる	飛機延遲
ラッシュアワー ④	（交通）尖峰 時刻	改札口 ④	檢票口
健康診断 ⑤	健康診斷	各駅停車 ⑤	各站停靠
バランスのいい食事 （英：balance）	良好均衡飲食	（プラット）ホーム ⑤ （英：platform）	月台
ましになる	增加	空席 ⓪	空位

單字	中譯	單字	中譯
注射を打つ 相似詞 注射する	打針、注射	窓側の席	靠窗的座位
（水分、栄養）を取る	（水分、養分）攝取	通路側の席	靠走道的座位
カプセル ① （英：capsule／德：kapsel）	膠囊	日帰り ⓪	當天來回

句型

 表示「拜託或要求做某事」

[悪いけど・すみませんが・申し訳ありませんが・なるべく～・できれば] +

～動詞（テ形）ください　[不好意思・對不起・實感抱歉・儘可能・可以的話] 請您～

動詞（テ形）ください　請您（為我）～

動詞（テ形）くださいませんか　可否請您（為我）～呢？

動詞（テ形）くれない　可以（為我）～？

動詞（テ形）くれませんか　可以（為我）～嗎？

動詞（テ形）もらえない　能不能（為我）～？

動詞（テ形）もらえませんか　能不能（為我）～呢？

動詞（テ形）もらいたいんですけど　想請您（為我）～……

動詞（テ形）いただけませんか　能否請您（為我）～嗎？

動詞（テ形）いただきたいんですけど　想請您能否（為我）～……

動詞（テ形）ほしいんですが　希望能～……

名詞をお願いします　請求～

名詞をお願いできますか　可請求～嗎？

足りない　不夠

～が要る　需要～

～が必要　～是必要

動詞（タ形）ほうがいい　最好～

～といいんだが　倘若～就好了

動詞（假定形）いいんだが　～的話就好了

～と助かる　～就幫了個大忙

～とありがたい　～就太感謝了

～こと　《命令》請～

動詞（ナイ形）[なければ（ならない）・なければ（いけない）・なきゃ] 非得～

動詞（ナイ形）[なくては（ならない）・なくては（いけない）・なくちゃ・ないと（いけない）] 非～不可

動詞（字典形）ように（してください） 請

動詞（ナイ形）ように（してください） 請不要

動詞（ナイ形）ずに 不要

動詞（夕形）ら 一旦

動詞（假定形）～ 假如～

例 パスポートは忘れずにね。

不要忘記護照喔。

例 仕事が終わったら、電気を消すこと。

工作完成的話，請務必關電燈。

! 也可透過「提議」「提問」「願望、希望」「狀況說明」來表現委託的意圖。

例 1人じゃ間に合わない。誰か手伝ってくれないかな。【希望】

一個人做來不及。有沒有人可以幫忙呢？

 表示「不用做、不做也可以」

動詞（字典形）ことはない 不用～

足りている 足夠了

～があるから 因為有了～（所以可以不用～）

～（は）いい ～不用了

動詞（ナイ形）なくてもいい 不～也行

そのままにしておく 就那樣就好

例 卵買ってきて。牛乳はいいよ。

買雞蛋回來。牛奶就不用了喔。

表示「已經」

もう動詞（テ形）ある　已經〜

さっき〜ました　剛剛已經

動詞（テ形）おいた　先〜了

例 野菜<ruby>野菜<rt>や さい</rt></ruby>なら、<ruby>洗<rt>あら</rt></ruby>ってありますよ。

蔬菜已經洗好了喔。

 表示「時間點」

〜<ruby>間<rt>あいだ</rt></ruby>　期間

〜<ruby>間<rt>あいだ</rt></ruby>に　在〜期間

〜<ruby>中<rt>じゅう・ちゅう</rt></ruby>に　〜（之）內

〜うちに　〜中

動詞（字典形）ところ　正要〜

動詞（テ形）いるところ　正在〜

動詞（タ形）ところ　剛（剛）〜

例 <ruby>今日<rt>きょう</rt></ruby><ruby>中<rt>じゅう</rt></ruby>にアンケートの<ruby>結果<rt>けっ か</rt></ruby>をまとめてください。

請在今天內將問卷調查整理好。

 表示「順序」

まず／<ruby>最初<rt>さいしょ</rt></ruby>に／はじめに／<ruby>先<rt>さき</rt></ruby>に　先、首先

〜の<ruby>前<rt>まえ</rt></ruby>に　在〜之前

<ruby>次<rt>つぎ</rt></ruby>に／それから　接著

<ruby>最後<rt>さい ご</rt></ruby>に　最後

〜うちに　〜（之）內、〜以前

動詞（タ形）とたん（に）一〜，就〜

すぐ　馬上

急いで　趕快

動詞（テ形）からでないと　如果不從～開始的話

動詞（テ形）からは　從～起

動詞（テ形）はじめて　～之後，（方）才

～は後でいい　～之後做就好

例　アルバイトしてはじめて仕事の大変さがわかりました。

打工後才體悟到工作的辛苦。

 表示「最」

特に　特別是～

最大の　最大的

最も　最～

何より　比～都、最～

何と言っても～　無論如何

～ほど～はない　沒有比～更～、最～

～より～はない　沒有比～更～、最～

～に限る　～最好、～最好不過

なくて（は）～　沒有～就（無法～）

例　健康が何よりです。

健康是最重要的。

例　冬は何と言っても温泉ですね。【冬天泡湯最好】

冬天無論如何就是泡湯了吧。

表示「強調」

~こそ　正是~、才是~

~さえ　連~、甚至~

これこそ　這才真正是

~ことが~だ　~是~

例 ジョギングが好きだから<u>こそ</u>、今まで続けてこられたんです。

正因為我喜歡慢跑，才能持續至今。

例 ゴミを分別しなければならないこと<u>さえ</u>知らない人がいます。

甚至有人不知道垃圾必須分類。

 表示「句子前半部某種原因、理由，而導致某種結果」

A。それで~／A。だから~　因為 A。所以~　　A 代表重要的原因、理由

A。これが（最も重要です）　因為 A。這是（最重要的）

例 さっき地震があったでしょう。<u>それで</u>、電車が止まっているんだ。

剛剛發生地震了吧？所以電車停駛了。

 表示「句子後半部才是真正的原因、理由」

A じゃなくて、実は B　不是 A，其實是 B　　B 代表重要的原因、理由

A というより B　與其說是 A，倒不如說是 B

A っていうのもあるけど B　要說 A 也可以，但是 B 也~

A も~だが、B　A（也），但 B（更）~

実は B　其實是 B

例 この仕事は義務<u>というより</u>好きでやっているんです。

這工作與其說是義務，倒不如說是因為喜歡才做。

表示「部分否定」

わけではない／（まったく・ぜんぜん）ないわけではない　並非全然〜

〜とは限_{かぎ}らない　未必〜、不一定〜

例　運動_{うんどう}をまったくしないというわけじゃないんです。

不是完全不運動。

 表示「主張自我想法」

〜べきだ　應該要、必須要

〜が大切_{たいせつ}／〜が重要_{じゅうよう}である　〜很重要

動詞（テ形）ほしい／動詞（テ形）もらいたい　想要〜

例　大学生_{だいがくせい}はアルバイトをするべきだと思_{おも}います。

我認為大學生應該要打工。

 表示「在句子後半部主張發話者想法」

B才是發話者的想法

たしかに 的確 もちろん 當然 むろん　不用說	Aという意見_{いけん}があります。　有A這樣的意見 Aという人_{ひと}もいます。　　有A這樣的人 Aにも一理_{いちり}あります。　A也有其道理 Aも否定_{ひてい}できません。　也不能否定A	ですが、B　然而〜 しかし、B　不過〜 けれども、B 但是〜

例 <u>もちろん</u>、大学生にとって勉強は大切です。<u>けれども</u>、学生の間にサークルやアルバイトを通して友達を作ることがより大切だと思います。

當然對於大學生來說讀書是很重要的。但是，我認為在學生時期透過社團、打工交友更重要。

 表示「提出問題、疑問」

～だろうか　～嗎？

～のではないだろうか　不是～嗎？

疑問だ　存有疑問

例 <u>便利ということはいいことなのでしょうか</u>。【發話者表達自己的疑惑】

方便真的就代表是好事嗎？

 表示「反對立場」

～すぎないほうがいい　最好不要過於～

と思えない　無法苟同

(條件、事項)、いいですが　～是很好，但……

例 税金が国民のために使われている<u>とは思えません</u>。

稅金有用在國民身上，我無法苟同。

 表示「換句話說、也就是說」

つまり～というわけです　總之、終究

例 <u>つまり</u>、運動とバランスのよい食事が大切な<u>わけです</u>。

總之，運動和均衡飲食很重要。

表示「徵求許可」

動詞（テ形）てもいいですか　可以～嗎？

動詞（マス形）たいんですが　我想～

例 窓を開けてもいいですか

我可以打開窗戶嗎？

例 窓を開けたいんですが（いいですか）。

我想打開窗戶……（可以嗎？）

 表示「請求、拜託」

動詞（テ形）ほしいです　希望你～

動詞（テ形）もらいたいです　想請你（為我）～

～がわかりません　不清楚～　　向聽話者表達不懂之處，暗指請求幫忙

～ができません　無法～　　向聽話者表達辦不到之處，暗指請求幫忙

人 に頼みます　拜託（某人）～

例 窓を開けてもらえませんか。

可以幫我開窗戶嗎？

 表示「提議、邀約」

動詞（意志形）か　要（做）～嗎？

動詞（マス形）ましょうか／お動詞（マス形）しましょうか　來做～吧？

ご名詞しましょうか　（我）來做～吧？

お動詞（マス形）いたしましょうか　我幫您～嗎？

ご名詞いたしましょうか　我幫您～吧？

動詞 - ますね／動詞 - ますよ　～啦、～喔

例 よろしければ、お手伝いいたしましょうか。

不介意的話，我來幫您吧。

表示「許可、允許」

動詞（テ形）もよろしいです　～也可

動詞（テ形）もかまわない／もかまいません　～也沒關係

動詞（ナイ形-な～）くてもかまわない／くてもかまいません　不～也沒關係

例　この地図をいただいてもよろしいですか。

　　可以給我這個地圖嗎？

例　鉛筆で書いてもかまいません。

　　用鉛筆寫也沒關係。

 表示「推測、推斷」

[動詞・イ形容詞・ナ形容詞な・名詞の　常體]＋はずだ／はずです　應該～

[動詞・イ形容詞・ナ形容詞な・名詞の　常體]＋はずがない／はずがありません

應該不～

[動詞・イ形容詞・ナ形容詞・名詞　常體]＋ みたいだ／みたいです　好像～

[動詞・イ形容詞・ナ形容詞な・名詞の　常體]＋ようだ／ようです　好像～

[動詞・イ形容詞・ナ形容詞・名詞　常體]＋らしい／らしいです　似乎～

[動詞（常體）・名詞の] おそれがあります　有～之虞

[動詞・イ形容詞・ナ形容詞（である）・名詞（である）常體]＋に違いありません

一定是～、錯不了

例　本をかばんに入れたはずなんだけどな。【實際上書本沒有放進包包裡】

　　書本應該有放進包包裡了啊。

 表示「抱怨、委婉要求」

～んですが

例　ここは駐車禁止なんですが。

　　這裡禁止停車的……

單字句型・慣用語・口語表現

表示「暗示」

～んですが＋（請求、准許、邀請）

括弧內的字常被省略

例 シャワーが出ないんですが（見に来てください）。

蓮蓬頭的水出不來……（請您過來查看）。

 「副詞＋（ない）」否定表現

あまり（～ない）　不太～

ちっとも（～ない）／少しも（～ない）　一點也不

ほとんど（～ない）　幾乎沒有～

一度も（～ない）　一次也不

ぜんぜん（～ない）／まったく（～ない）完全不

めったに（～ない）　不常、不多、很少

たいして（～ない）　並不那麼～

 表示「沒能如願、實現」

1.「～けど／のに」

はずだったけど／はずだったのに／動詞（マス形）たかったが／せっかく動詞
（タ形）～のに

例 映画に行きたかったんだけど。【實際上沒有去看】

之前很想去看電影的。

2.「そうだった／そうになった」

動詞（マス形）そうだった／動詞（マス形）そうになった

例 午後から雨が降りそうだったのにね。【實際上沒有下雨】

明明午後好像要下雨了呢。

3.「〜ば／と／たら（いいのに）」

例 もうちょっと時間<ruby>時間<rt>じかん</rt></ruby>があったらなあ。【實際上沒有時間】

再多點時間就好了。

 表示「與想的不一樣」

意外<ruby>意外<rt>いがい</rt></ruby>にも／案外<ruby>案外<rt>あんがい</rt></ruby>　　意外地

まさか〜とは思<ruby>思<rt>おも</rt></ruby>わなかった　沒想到竟然〜

例 まさか 100 点取<ruby>点取<rt>てんと</rt></ruby>れるとは思<ruby>思<rt>おも</rt></ruby>わなかった。

真沒想到我竟然可以拿 100 分。

 表示「無法達成」

わけにはいかない　不可能

ようがない　無法、〜不了

わけがない　不可能

例 知<ruby>知<rt>し</rt></ruby>らないのだから、教<ruby>教<rt>おし</rt></ruby>えようがありません。【沒辦法告知】

我不清楚所以也無法說些什麼。

 表示「（程度上）非常地」

あまりに／あまりの〜　太〜

例 あまりの暑<ruby>暑<rt>あつ</rt></ruby>さで疲<ruby>疲<rt>つか</rt></ruby>れちゃった。【非常熱】

太熱了，所以感覺很疲倦。

單字句型・慣用語・口語表現

表示「責備、不滿」

動詞（假定形）いいじゃない⬇ 如果～不就好

動詞（タ形）らいいじゃない⬇ 如果～不就好

～も～し、～も～だ 雙方都不怎麼樣

> 例 言_いいたいことがあるなら言_いえばいいじゃない。
>
> 你若是有話要說，直說不就好了？

 表示「產生不好的結果」

～せいで 就因為～

> 例 同僚_{どうりょう}が休_{やす}んだせいで、残業_{ざんぎょう}しなければならなくなった。
>
> 就因為同事請假，搞得非得加班不可。

⚠ 特別留意 「～（ん）じゃない」語調

1. 雨_{あめ}じゃない⬇＝雨_{あめ}ではありません。不是雨。【否定】
2. 雨_{あめ}じゃない？⬆＝雨_{あめ}ではありませんか。不是雨嗎？【確認】
3. 雨_{あめ}じゃない！⬇＝雨_{あめ}だ。是雨！【斷定、驚訝、發現】
4. 食_たべるんじゃない⬇「V（字典形）んじゃない⬇」不可以吃。【禁止】

慣用語・常用句

@ 目_めがない　非常喜歡

@ 猫舌_{ねこじた}　怕吃熱食、怕燙

@ 口_{くち}に合_あう　合味口

@ 手_てが離_{はな}せない　忙到無法抽身

@ 手_てがあく（空_あく）　有空

@ 手_てごろ　適合、價錢合適

@ お大事_{だいじ}に　請保重

@ それはいけませんね　那可不好呢

> A: かぜですか。
> B: それはいけませんね。

@ ごめんください　有人在家嗎？

@ いらっしゃい（ませ）／ようこそ　歡迎光臨

@ どうぞお上_あがりください／どうぞお入_{はい}りください　（在玄關）請進

@ 日本語_{にほんご}がお上手_{じょうず}ですね　你的日語好流利

@ そんなことはありません　沒那回事

@ お茶_{ちゃ}でもいかがですか　喝個茶如何？

@ どうぞ、おかまいなく　請不用費心

@ お気_きをつけて　請小心

@ お待たせしました　讓您久等了

@ お待ちどおさま（でした）　久等了

@ お待ちください　請您稍等

@ いろいろお世話になりました　受到您多方關照了

@ おかげさまで（合格できました）　托您的福（合格了）

@ 久しぶり／お久しぶりです／しばらく（です）／
ご無沙汰しております　好久不見

@ かまいません／かまいませんか　沒關係／沒關係嗎？

@ おかけください　請坐

@ おじゃまします／おじゃましました　（拜訪時／離開時）叨擾了

@ 今、ちょっとよろしいですか　現在有空嗎？

@ どうぞごゆっくり　請慢慢來

@ じゃ、遠慮なく　那麼（我）就不客氣了

@ 気がつきます　注意到、意識到

@ 気をつけます　小心、當心

@ 気をつかう　用心、顧慮

@ 気に入る　喜歡

@ 気にしないでください　請不用在意

口語表現

 常體（動詞 ・ イ形容詞 ・ ナ形容詞 ・ 名詞）口語變化

縮約形變化	例句
常體と⇒常體って	来ると言った⇒来るって言った
常體ということだ ⇒常體って（ことだ）	来るということだ ⇒来るって（ことだ）
常體そうだ⇒常體って	来るそうだ⇒来るって
常體（V・A）のだそうだ ⇒常體んだって 常體（N・Na）なのだそうだ ⇒常體なんだって	来るのだそうだ ⇒来るんだって 学生なのだそうだ ⇒学生なんだって

 動詞

縮約形變化	例句
Ｖて̶いる⇒Ｖてる	食べている⇒食べてる
Ｖて̶いく⇒Ｖてく	持っていく⇒持ってく
Ｖておく⇒Ｖとく	買っておく⇒買っとく
Ｖても⇒Ｖて／Ｖたって Ｖでも⇒Ｖで／Ｖだって	食べてもいい⇒食べたっていい 飲んでもいい⇒飲んだっていい
Ｖ（意志形）う⇒っ	行こうか⇒行こっか

V <u>ては</u>⇒V <u>ちゃ</u> V <u>では</u>⇒V <u>じゃ</u>	<ruby>忘<rt>わす</rt></ruby>れ<u>ては</u>いけません／<ruby>忘<rt>わす</rt></ruby>れ<u>ては</u>だめ ⇒<ruby>忘<rt>わす</rt></ruby>れ<u>ちゃ</u>だめ <ruby>飲<rt>の</rt></ruby>ん<u>では</u>いけません／<ruby>飲<rt>の</rt></ruby>ん<u>では</u>だめ ⇒<ruby>飲<rt>の</rt></ruby>ん<u>じゃ</u>だめ
V <u>てしまう</u>⇒V <u>ちゃう</u> V <u>でしまう</u>⇒V <u>じゃう</u>	<ruby>書<rt>か</rt></ruby>い<u>てしまう</u>⇒<ruby>書<rt>か</rt></ruby>い<u>ちゃう</u> <ruby>読<rt>よ</rt></ruby>ん<u>でしまう</u>⇒<ruby>読<rt>よ</rt></ruby>ん<u>じゃう</u>
V <u>なくては</u>⇒V <u>なくちゃ</u>	<ruby>帰<rt>かえ</rt></ruby>ら<u>なくては</u>（いけない）⇒<ruby>帰<rt>かえ</rt></ruby>ら<u>なくちゃ</u>

注意ちゃ後面的接續

例 <ruby>帰<rt>かえ</rt></ruby>らなくちゃいけないはずです。（○）

例 <ruby>帰<rt>かえ</rt></ruby>らなくちゃはずです。（×）

V <u>なければ</u>⇒V <u>なきゃ</u>	<ruby>帰<rt>かえ</rt></ruby>ら<u>なければ</u>（いけない）⇒<ruby>帰<rt>かえ</rt></ruby>ら<u>なきゃ</u>

注意きゃ後面的接續

例 <ruby>帰<rt>かえ</rt></ruby>らなきゃいけないだろう。（○）

例 <ruby>帰<rt>かえ</rt></ruby>らなきゃだろう。（×）

V <u>てはいられない</u> ⇒V <u>ちゃいらんない</u> V <u>ではいられない</u> ⇒V <u>じゃいらんない</u>	<ruby>泣<rt>な</rt></ruby>い<u>てはいられない</u> ⇒<ruby>泣<rt>な</rt></ruby>い<u>ちゃいらんない</u> <ruby>休<rt>やす</rt></ruby>ん<u>ではいられない</u> ⇒<ruby>休<rt>やす</rt></ruby>ん<u>じゃいらんない</u>
V <u>ない</u>⇒V <u>ん</u>	わから<u>ない</u>⇒わから<u>ん</u>

例 あんなサービスの<ruby>悪<rt>わる</rt></ruby>い<ruby>店<rt>みせ</rt></ruby> 2 <ruby>度<rt>ど</rt></ruby>と<ruby>行<rt>い</rt></ruby>かん。

那樣服務態度差的店，絕不再去第二次。

V……<u>らない</u>⇒V……<u>んない</u>	わか<u>らない</u>⇒わか<u>ん</u>ない <ruby>変<rt>か</rt></ruby>わ<u>らない</u>⇒<ruby>変<rt>か</rt></ruby>わ<u>ん</u>ない
V （可能形）<u>れ</u>⇒<u>ん</u>	<ruby>食<rt>た</rt></ruby>べ<u>れ</u>ない⇒<ruby>食<rt>た</rt></ruby>べ<u>ん</u>ない

イ形容詞口語變化

縮約形變化	例句
[- ai] ⇒ [- ee（長音化）]	高い [takai] ⇒たけえ [takee]
[- oi] ⇒ [- ee（長音化）]	すごい [sugoi] ⇒すげえ [sugee]
[- ui] ⇒ [- ii（長音化）]	寒い [samui] ⇒さみい [samii]

常見口語變化

縮約形變化	例句
なにも⇒なんにも	何も（なにも）⇒何にも（なんにも）
すごく⇒すっごく／すご	すごくおいしい⇒すっごくおいしい
とても⇒とっても	とても暑い⇒とっても暑い
やはり⇒やっぱり／やっぱ	やはり行こう⇒やっぱり／やっぱ行こう
もの⇒もん	食べるものない？⇒食べるもんない？
同じ（おなじ）⇒おんなじ	その鞄、私のとおんなじだ。
これは⇒こりゃ それは⇒そりゃ あれは⇒ありゃ	そりゃ、大変だ。
そうか⇒そっか	そっか、わかった。
それで⇒で	で、留学するの？
ところ⇒とこ	京都はきれいなとこだよ。

單字句型・慣用語・口語表現

5大題型
圖解答題流程

N3聽解共有「5大題型」，即「問題1」「問題2」「問題3」「問題4」「問題5」，每種題型各有出題重點、應答技巧及練習題。本單元依此5大題型進行分類訓練，每題型的訓練開始前，都有題型解析：本類題型「考你什麼？」「要注意什麼？」以及「圖解答題流程」，請先詳讀後再進行練習！

Part 2

もんだい
問題1

 考你什麼？

「問題1」的會話文會圍繞在一個課題要你解決，而你的工作就是找出具體方法解決這個課題！比如判斷要帶什麼東西或買什麼東西。選項以「圖畫」或「文字」呈現，可在問題用紙上邊聽邊作筆記，判斷接下來該做什麼反應才是適當的。

 要注意什麼？

✔ 本大題開始前會先播放例題，讓你了解答題流程。注意例題不需作答。

✔ 要注意對話中出現的「主詞」「疑問詞」「時間」等關鍵詞彙。

✔ 對話中可能會有多個情報和指令，記下「順序」「數量詞」等線索解題。

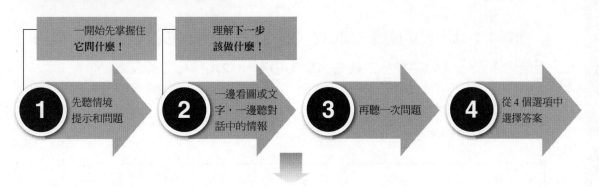

圖解答題流程

① 一開始先掌握住它問什麼！

② 理解下一步該做什麼！

① 先聽情境提示和問題

② 一邊看圖或文字，一邊聽對話中的情報

③ 再聽一次問題

④ 從 4 個選項中選擇答案

れい

① 女の人と男の人が話しています。女の人は男の人に何を渡しましたか。

②
M：あー、やっちゃった。何かふくものちょうだい。
F：ちょっと待って。はい、これ。
M：あーあ、シミになっちゃうかも。
F：汚れたとこだけ先に洗ったほうがいいわよ。
M：ありがとう。

③ 女の人は男の人に何を渡しましたか。

②
1. ぞうきん
2. ほうき
3. 掃除機
4. ちりとり

④ 問 題 1			
れい	●	②	③	④
1	①	②	③	④
2	①	②	③	④
3	①	②	③	④
4	①	②	③	④
5	①	②	③	④
6	①	②	③	④

⏰ 注意

✔ 問題 1 題型共 6 題，本練習共 12 題。

✔ 每題僅播放一次，每題播放結束後，約 12 秒為作答時間。

✔問題用紙（試題本）上僅有答題選項（文字或圖，如上步驟 **②** 框框內的文字選項）；沒有情境提示和問題，必須仔細聆聽 MP3。

もんだい
問題 1 🎧 MP3 02-01-00

　問題1では、まず質問を聞いてください。それから話を聞いて、問題用紙の1から4の中から、最もよいものを一つえらんでください。

1ばん 🎧 MP3 02-01-01

1
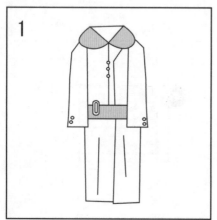

2
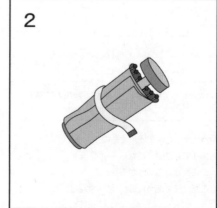

3

4

2ばん  MP3 02-01-02

1

卒業証明書在中

2

氏名　山田花子
昭和 63 年 6 月 17 日生

上記の者は
平成 23 年 3 月 20 日
本校を卒業したことを証明する
平成 23 年 3 月 31 日

北日本大学　学長　山下次郎

3

氏名　山田花子
昭和 63 年 6 月 17 日生

上記の者は
平成 23 年 3 月 20 日
本校を卒業したことを証明する
平成 23 年 3 月 31 日

北日本大学　学長　山下次郎

4

卒業証明書在中

3ばん MP3 02-01-03

1　12時30分

2　12時50分

3　13時10分

4　13時30分

4 ばん MP3 02-01-04

ア　イ　ウ　エ　オ

1　ア　ウ　エ　オ
2　イ　ウ　エ　オ
3　ア　ウ　エ
4　イ　ウ　オ

5 ばん MP3 02-01-05

1　月曜日
2　火曜日
3　水曜日
4　金曜日

6 ばん 🎧 02-01-06

ア	
イ	
ウ	
エ	
オ	

1 ア イ ウ

2 イ ウ エ

3 ウ エ オ

4 ア エ オ

7 ばん 🎧 02-01-07

1 大家さんの家へ行く

2 銀行へ行く

3 コンビニへ行く

4 男の人の家へ行く

part 2

題型解析

問題1

試題

解答

問題2

試題

解答

問題3

試題

解答

問題4

試題

解答

問題5

試題

解答

8 ばん　MP3 02-01-08

ア	
イ	
ウ	
エ	
オ	

1　ア　イ
2　イ　エ
3　ア　オ
4　イ　ウ

9 ばん　MP3 02-01-09

1　写真をメールで送る
2　写真を郵便で送る
3　写真をプリンターで印刷する
4　写真をコンビニへ持っていく

10 ばん 🎧 02-01-10

1 そうじする

2 買い物に行く

3 勉強する

4 ピアノを練習する

11 ばん 🎧 02-01-11

1 図書館に本を返す

2 アンケートをとる

3 研究テーマを考える

4 図書館で本を借りる

part 2

題型解析

問題1

試題 | 解答

問題2

試題 | 解答

問題3

試題 | 解答

問題4

試題 | 解答

問題5

試題 | 解答

12 ばん 🎧MP3 02-01-12

1 ミネラルウォーター

2 スポーツドリンク

3 バナナ

4 チョコレート

問題1　スクリプト詳解

（解答）	1	2	3	4	5	6
	4	**4**	**2**	**1**	**1**	**4**
	7	8	9	10	11	12
	1	**2**	**1**	**4**	**1**	**4**

（M：男性　F：女性）

1番 MP3 02-01-01

<table>
<tr><td>

女の人と男の人が話しています。男の人は今から何を
かばんに入れますか。

F ： 出張の準備できた？あしたは九州は大雨になる
　　かもって、テレビで言ってたから、レインコー
　　ト持って行けば。

M ： 折りたたみの傘は 1) さっき入れたんだけど。
　　うーん、じゃ、2) そこに出しといてよ。

F ： うん。これは？入れなくていいの？

M ： まだ読んでないところがあるから、3) 資料はそ
　　こに置いといて。

F ： この本は？

M ： それは移動中に読もうと思って。4) 忘れないう
　　ちに入れとくから貸して。

F ： はい。

</td><td>

女性和男性正在說話。男性現在
要把什麼放進包包呢？

F ： 出差的準備好了嗎？電視說
　　明天九州可能會下大雨，所
　　以帶雨衣去吧？

M ： 我剛才把摺傘放進去了，
　　嗯……那雨衣先拿出來放那
　　邊吧。

F ： 好。這個呢？不用放進去
　　嗎？

M ： 我還有沒看的地方，所以資
　　料放那邊吧。

F ： 這本書呢？

M ： 那本我想在移動的途中看。
　　趁著還沒忘記的時候先放進
　　去，書借我吧！

F ： 好。

</td></tr>
</table>

男の人は今から何をかばんに入れますか。

男性現在要把什麼放進包包呢？

正解：4

🔍 重點解說

　　注意男性說話時使用的動詞。2）的「出しといて（＝出しておいて）」（先拿出來）是指雨衣；3）的資料是「そこに置いといて（＝置いておいて）」（放那邊）。從「出す」（拿出）、「置く」（放置）兩個動詞可以判斷出不是現在要放進去包包的物品。1）的「さっき入れた」（剛才放進去了），「入れた」是過去式，所以摺傘已經放到包包裡了；4）的「入れとくから貸して（＝入れておくから貸して）」（要先放進去，借我吧）。「入れておく」是表示先做好準備的句型「V（テ形）＋おく」，所以正確答案為選項4。

2番 🎧 MP3 02-01-02

男の人と女の人が話しています。女の人は何を準備しなければなりませんか。

F ： 入学の手続きには卒業証明書が必要だって聞いたんですが、それだけでいいですか。

M ： それと写真ですね。卒業証明書は封を切らずに出してくださいね。

F ： 封を……？

M ： 送られてきたまま、封筒を開けないでくださいということです。封筒から出してしまうと無効になりますので、注意してください。

F ： 写真は1枚ですか、2枚ですか。

男性和女性正在說話。女性必須準備什麼呢？

F ： 聽說辦入學手續需要畢業證書，只要那個就夠了嗎？

M ： 還需要照片喔！畢業證書請不要拆封地繳交過來。

F ： 拆封……？

M ： 維持收到時的樣子，不要拆信封的意思。從信封裡拿出來就失效了，要注意。

F ： 照片是一張還是兩張呢？

M：３センチ×４センチのものを２枚。カラー写真でお願いします。帽子やメガネはとってくださいね。卒業証明書は１通でいいですよ。

女の人は何を準備しなければなりませんか。

part
2

題型解析 問題1 解答 試題

問題2 解答 試題

問題3 解答 試題

問題4 解答 試題

問題5 解答 試題

M： 需要兩張３Ｘ４彩色的照片。帽子和眼鏡要拿掉喔。畢業證書只要一份就可以了喔！

女性必須準備什麼呢？

正解：4

🔍 重點解說

「封を切らずに」和「封を切らないで」一樣都是「不要拆封」的意思。「帽子やメガネはとってくださいね」是請脫掉帽子、眼鏡也拿掉的意思。

3番 🎧 MP3 02-01-03

男の人と女の人が話しています。女の人はどの電車に乗りますか。

M： アルバイトの面接、きょうだったよね。２時から？

F： うん。北町行きの電車って10分に１本ぐらいだった？

M： そんなにあったかな……？そうそう、20分ごとだよ。駅まで15分で、電車で10分だから、1) 1時半のでも、なんとか間に合うんじゃない？

F： 駅を降りてから10分くらいはかかるから、その２本前のにしようかな。

男性和女性正在說話。女性要坐哪一班電車呢？

M： 打工的面試是今天吧？兩點開始嗎？

F： 對。往北町方向的電車是大概10分鐘一班嗎？

M： 有那麼多班次嗎……？對了，是20分鐘一班喔！到車站要花15分，電車車程10分鐘，所以搭一點半的也差不多來得及吧？

F： 下車之後大概要走10分鐘，所以我坐前兩班的電車吧！

M： 心配性だな。１本前のでも十分だと思うけど。

F： いいの。余裕を持って行ったほうが面接で緊張しないから。

女の人はどの電車に乗りますか。
1. １２時３０分
2. １２時５０分
3. １３時１０分
4. １３時３０分

M： 你真是愛擔心啊。我覺得坐前一班就很來得及了。

F： 沒關係。多留點充裕的時間，面試的時候比較不會緊張。

女性要坐哪一班電車呢？
1. 12 點 30 分
2. 12 點 50 分
3. 13 點 10 分
4. 13 點 30 分

正解：2

🔍 **重點解說**

男性說了「⑴１時半のでも、なんとか間に合うんじゃない？」（搭一點半的也差不多來得及吧？）不過女性說要搭再前兩班的電車。電車的間隔時間是「２０分ごと」，也就是每20分鐘會來一班，由此可知要搭乘的班次是 12 點 50 分的。

---

4 番 🎧 MP3 02-01-04

店の人と男の人が話しています。男の人が食べるのはどれですか。

F： いらっしゃいませ。ご注文、お決まりでしたら、どうぞ。

M： あのう、この無料クーポン使えるんですか？

F： はい。サラダかポテトどちらがよろしいですか。

M： ポテト。それから、ハンバーガーとコーラ。あれ？この秋のバーガーセットって何？

店員和男性正在說話。男性要吃什麼呢？

F： 歡迎光臨。如果決定好了就可以點餐囉。

M： 請問，這張免費兌換券可以用嗎？

F： 可以的。請問您要沙拉還是薯條？

M： 薯條。然後，還要漢堡和可樂。咦？這個秋季漢堡餐是什麼？

part **2**

題型解析 問題1

解答 試題

問題2 解答 試題

問題3 解答 試題

問題4 解答 試題

問題5 解答 試題

F ： こちらのハンバーガーとポテトとコーヒーの
セットでございます。

M ： 1) こっちのほうが得だな。あのう、飲み物は換
えられるんですよね。

F ： はい、コーヒー、紅茶、あと M サイズのドリン
クの中からお選びください。

M ： 2) じゃ、このセット、コーラで。あっ、3) さっ
きのポテトをサラダに変えてもいい？

F ： はい、かしこまりました。では、少々お待ちく
ださい。

男の人が食べるのはどれですか。

1. ア　ウ　エ　オ
2. イ　ウ　エ　オ
3. ア　ウ　エ
4. イ　ウ　オ

F ： 是這個漢堡和薯條和咖啡的
套餐。

M ： 這個比較划算啊。那，飲料
可以換對吧？

F ： 是的，請在咖啡、紅茶，還
有中杯飲料當中選一種。

M ： 那，我點這個套餐，要可樂。
啊、剛才的薯條可以改成沙
拉嗎？

F ： 好，我知道了。那麼請稍等。

男性要吃什麼呢？

正解：1

!　**重點解說**

　　從男性說的「1) こっちのほうが得だな」（這個比較划算啊），可知要把一開始點的東西
改成秋季漢堡餐。從「2) じゃ、このセット、コーラで」（那，我點這個套餐，要可樂）又可
得知點的秋季漢堡餐，搭配的飲料是可樂。而「さっきのポテト」（剛才的薯條）是用兌換券點
的，不過因為男性說了「3) さっきのポテトをサラダに変えてもいい？」（剛才的薯條可以改
成沙拉嗎？）意思是不單點薯條，要改成沙拉了。店員也回答了「はい、かしこまりました」（好，
我知道了），所以可知單點改成了沙拉。

<ruby>女<rt>おんな</rt></ruby>の<ruby>人<rt>ひと</rt></ruby>と<ruby>男<rt>おとこ</rt></ruby>の<ruby>人<rt>ひと</rt></ruby>が<ruby>話<rt>はな</rt></ruby>しています。2<ruby>人<rt>ふたり</rt></ruby>はいつ<ruby>会<rt>あ</rt></ruby>いますか。	女性和男性正在說話。兩人什麼時候要見面呢？
F：サークルのことで<ruby>相談<rt>そうだん</rt></ruby>があるんだけど。	F：關於社團的事，我想和你商量。
M：うん。<ruby>今<rt>いま</rt></ruby>から？	M：好，現在嗎？
F：ううん、<ruby>都合<rt>つごう</rt></ruby>のいい<ruby>時<rt>とき</rt></ruby>でいいよ。ランチでも<ruby>食<rt>た</rt></ruby>べながら<ruby>話<rt>はな</rt></ruby>せるといいんだけど。	F：不，你方便的時候就好囉。我們可以一邊吃午餐一邊講。
M：<ruby>来週<rt>らいしゅう</rt></ruby>なら、1)<ruby>月<rt>げつ</rt></ruby>、<ruby>火<rt>か</rt></ruby>と<ruby>金曜日<rt>きんようび</rt></ruby><ruby>以外<rt>いがい</rt></ruby>。2)ああ、<ruby>月曜日<rt>げつようび</rt></ruby>なら<ruby>何<rt>なん</rt></ruby>とかなるけど。	M：下禮拜的話，禮拜一、禮拜二和禮拜五以外都可以。啊，禮拜一的話也可以想想辦法。
F：じゃ、3)<ruby>早<rt>はや</rt></ruby>く<ruby>相談<rt>そうだん</rt></ruby>したいから。その<ruby>日<rt>ひ</rt></ruby>のお<ruby>昼<rt>ひる</rt></ruby>に。	F：那我想早點談，所以那一天的中午好了。
M：うん。わかった。	F：好，我知道了。
2<ruby>人<rt>ふたり</rt></ruby>はいつ<ruby>会<rt>あ</rt></ruby>いますか。	兩人什麼時候要見面呢？
1. <ruby>月曜日<rt>げつようび</rt></ruby>	1. 星期一
2. <ruby>火曜日<rt>かようび</rt></ruby>	2. 星期二
3. <ruby>水曜日<rt>すいようび</rt></ruby>	3. 星期三
4. <ruby>金曜日<rt>きんようび</rt></ruby>	4. 星期五

正解：1

🔍 重點解說

從「1)<ruby>月<rt>げつ</rt></ruby>、<ruby>火<rt>か</rt></ruby>と<ruby>金曜日<rt>きんようび</rt></ruby><ruby>以外<rt>いがい</rt></ruby>」（禮拜一、禮拜二和禮拜五以外）可知星期三和星期四時間是方便的，而從「2)ああ、<ruby>月曜日<rt>げつようび</rt></ruby>なら<ruby>何<rt>なん</rt></ruby>とかなるけど」（啊、禮拜一的話也可以想想辦法）也能得知禮拜一的時間也是可以的。女性說了「3)<ruby>早<rt>はや</rt></ruby>く<ruby>相談<rt>そうだん</rt></ruby>したいから。その<ruby>日<rt>ひ</rt></ruby>のお<ruby>昼<rt>ひる</rt></ruby>に」（我想早點談，所以那一天的中午好了），因為最接近的日期是星期一，而且男性說了禮拜一的話也可以想想辦法，所以女性才回答「その<ruby>日<rt>ひ</rt></ruby>のお<ruby>昼<rt>ひる</rt></ruby>」（那一天的中午），由此可知最後決定是星期一。

_{おとこ}_{ひと}_{おんな}_{ひと}_{はな}
男の人と女の人が話しています。男の人は何を準備し_{おとこ}_{ひと}_{なに}_{じゅん び}
ますか。

M：先生、来月の料理教室、みんな楽しみにしてい_{せんせい}_{らいげつ}_{りょう り きょうしつ}_{たの}
ます。よろしくお願いいたします。_{ねが}

F：こちらこそ。キッチンを拝見します。鍋も食器_{はいけん}_{な べ}_{しょっ き}
も一通りそろっていますね。あれ、鍋はあるけ_{ひととお}_{な べ}
ど、1）フライパンが見当たりませんね。_{み あ}

M：ああ、そうですね。では、準備いたします。食_{じゅん び}_{しょく}
事に使う箸や茶碗は参加者が用意することに_じ_{つか}_{はし}_{ちゃわん}_{さん か しゃ}_{よう い}
なっています。

F：わかりました。じゃ、それだけでいいかな。2）
あっ、やっぱりスパゲッティをゆでるのに、こ
の鍋じゃ小さすぎるな。それから、料理を盛り_{な べ}_{ちい}_{りょう り}_も
付ける皿はありますか。_つ_{さら}

M：それも要りますね。では、3）大きいものを何枚_い_{おお}_{なんまい}
か用意いたします。_{よう い}

_{おとこ}_{ひと}_{なに}_{じゅん び}
男の人は何を準備しますか。

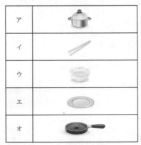

ア	
イ	
ウ	
エ	
オ	

1. ア　イ　ウ
2. イ　ウ　エ
3. ウ　エ　オ
4. ア　エ　オ

男性和女性正在說話。男性要準備什麼呢？

M：老師下個月的烹飪教室大家都很期待。還請您多多指教了。

F：哪裡哪裡。來看一下廚房，鍋子、餐具大致上都齊全了。欸！雖然有鍋子但是沒看到平底鍋耶。

M：啊，是耶。那麼我們來準備。吃飯用的筷子或碗是參加的人自行準備的。

F：知道了。那麼，那樣就可以了吧。啊！煮義大利麵用這個鍋子的話，還是太小了。還有，有裝菜的盤子嗎？

M：那也要喔。那麼會準備幾個大盤子。

男性要準備什麼呢？

正解：4

🔍 **重點解說**

1）說到「見当たりませんね」（沒看到）和2）描述到「小さすぎる」_{み あ}_{ちい}（太小了）皆是暗指缺少某物並催促對方準備。從3）「何枚か」（幾個）可知指的是盤子。_{なんまい}

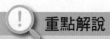

女の学生と男の学生が話しています。女の学生はこれからどこへ行きますか。

F ： うっかりしてた。きょう家賃払う日だった。

M ： 大家さんのところに払いに行くの？

F ： ううん。銀行振り込みなんだけど。

M ： じゃ、銀行でも、コンビニでもいいね。でも、一番近いのは郵便局かな。

F ： でも、1) 通帳にお金入ってなかったな。バイト代はあさってだし。

M ： お金よかったら貸そうか？

F ： 本当？……2) でも、それは悪いから、3) 大家さんに相談してみる。じゃ、またね。

女の学生はこれからどこへ行きますか。
1. 大家さんの家へ行く
2. 銀行へ行く
3. コンビニへ行く
4. 男の人の家へ行く

女學生和男學生正在說話。女學生接下來要去哪裡呢？

F ： 我太疏忽了，原來今天是付房租的日子。

M ： 你要去房東那邊付嗎？

F ： 不，我是用銀行轉帳。

M ： 那去銀行或是便利商店轉都可以吧。不過最近的是郵局吧？

F ： 可是存摺裡面沒有錢呢。打工的薪水後天才會進帳。

M ： 不然我借你錢吧？

F ： 真的嗎？……不過這樣對你不好意思，我去跟房東商量看看。那再見囉！

女學生接下來要去哪裡呢？
1. 去房東家
2. 去銀行
3. 去便利商店
4. 去男性的家

正解：1

🔍 **重點解說**

　　女學生通常是用銀行轉帳付房租，不過因為說了「1) 通帳にお金入ってなかったな」（存摺裡面沒有錢呢），所以沒有辦法轉帳。向男學生借的方法，女學生也用「2) でも、それは悪いから」（不過這樣對你不好意思）拒絕了。從「3) 大家さんに相談してみる」（我去跟房東商量看看）可知答案。

8番 🎧 MP3 02-01-08

女の人と男の人が話しています。女の人は明日の朝、何を資源ゴミに出しますか。

F： あしたは資源ゴミの日だから、いろいろたまってるものを出さなきゃ。あっ、1) ペットボトル、先週捨てようと思ってたのに。

M： じゃ、あしたは忘れないようにしないとな。

F： うん。

M： 瓶は重いから僕が出すよ。

F： ありがとう。でも、それはあさってなの。その時に缶もよろしく。

M： わかったよ。 2) そのカメラの雑誌は置いといてよ。

F： そうなの？もう要らないかと思って。こっちの服はいいんだよね。

M： うん、まだ着られるんだけど……。

F： もったいないけど、着ないものを置いといても仕方ないからね。壊れた扇風機も早く捨てちゃいたいけど。

M： それは、3) 粗大ゴミだから、市役所の人が取りに来てくれるよ。手数料が 200 円かかるけどね。

F： じゃ、あした電話してみる。

男性和女性正在說話。女性明天早上要拿什麼去資源回收呢？

F： 明天是資源回收的日子，很多堆積的東西必須拿去丟。啊，寶特瓶。本來打算上星期拿去丟的。

M： 那麼，明天不要忘記了喔。

F： 嗯。

M： 空瓶很重，所以我來丟吧。

F： 謝謝，不過那是後天的，到時候空罐也麻煩你。

M： 我知道啦，那個相機的雜誌先放著喔。

F： 是嗎？我以為已經不要了。這邊的衣服可以丟了吧。

M： 嗯，但是還可以穿耶。

F： 是有點浪費，但是不穿的衣服放著也不行。壞掉的電風扇也想趕快丟掉。

M： 因為那是大型垃圾，市公所的人會來回收，但要清潔費 200 日圓。

F： 那明天打電話問看看。

^{おんな}の^{ひと}は^{あす}の^{あさ}、^{なに}を資源ゴミに^だしますか。

女の人は明日の朝、何を資源ゴミに出しますか。

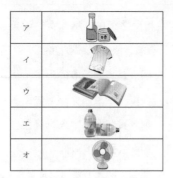

1. ア　イ
2. イ　エ
3. ア　オ
4. イ　ウ

女性明天早上要拿什麼去資源回收呢？

正解：2

⚠ 重點解說

本題重點在於是否有聽懂「要丟的東西」「不丟的東西」。

1）「先週捨てようと思ってたのに」（本來打算上星期拿去丟的）表示雖然打算要丟但卻忘記了。

2）「置いといてよ」（先放著喔）表示請對方不要丟掉，就這樣先放著。

3）因為題目是問「資源回收」，「大型垃圾」並非正確答案。

9 番 🎧 MP3 02-01-09

女子学生と男子学生が話しています。女子学生はこれからどうしますか。

F ： ねえ、デジカメで撮った写真ってコンビニでプリントしてくれるの？友達にはメールで送ったんだけど、先生がプリントしてほしいっておっしゃるから。コンビニで頼んで、その後郵送しようかなと思って。わたしカラープリンター持ってないから。

女學生和男學生正在說話。女學生接下來要怎麼做呢？

F ： 那個、數位相機拍的照片，可以在便利商店列印嗎？朋友的話我是用電子郵件寄的，不過老師說希望我把它列印出來。我在想要不要拿去便利商店列印，之後用郵寄的，因為我沒有彩色印表機。

M： メールして先生に自分で印刷してもらえば？

F： 1）でも、よくわからないらしくって。

M： ふーん、コンビニでもいいけど、1週間くらいかかるかも……、2）よかったら俺んとこへメールしてよ。印刷して、あしたあげるよ。

F： 3）そう、ありがとう。じゃ、さっそく。

女子学生はこれからどうしますか。
1. 写真をメールで送る
2. 写真を郵便で送る
3. 写真をプリンターで印刷する
4. 写真をコンビニへ持っていく

M： 要不要寄電子郵件給老師，請老師自己印出來呢？

F： 可是他好像不太懂這方面的事情。

M： 嗯……是可以拿去便利商店，不過可能會花一個禮拜的時間……可以的話你寄給我吧。我印出來明天拿給你。

F： 這樣嗎？謝謝你。那我馬上給你。

女學生接下來要怎麼做呢？
1. 用電子郵件寄照片
2. 用郵寄的寄照片
3. 用印表機印照片
4. 把照片拿去便利商店

正解：1

🔍 重點解說

女學生說的「1）でも、よくわからないらしくって」（可是他好像不太懂這方面的事情），這句的主詞是根據之前的發話，所以可知主詞是老師。意思是老師不懂要怎麼把從電子郵件收到的照片影印出來。男學生提議了「2）よかったら俺んとこ（＝俺のところ）へメールしてよ」（可以的話你寄給我吧），而女學生回答「3）そう、ありがとう」（這樣嗎？謝謝你），所以可知女學生接受了這項建議。

10 番 🎧 MP3 02-01-10

お母さんと子どもが話しています。子どもはこれから何をしますか。

F： お母さん、スーパーに行くけど、今晩食べたいものある？

M： あっ、僕も行く。

F： いいけど、宿題は？学校から帰ってきたら、まずやる約束でしょう？

媽媽和小孩正在說話。小孩接下來要做什麼呢？

F： 媽媽要去超市，今晚有想吃的東西嗎？

M： 啊，我也要去。

F： 可以是可以，但功課寫完了嗎？從學校回到家，說好要先做的，不是嗎？

M： さっきは、そうじしてたんだよ。今から宿題やっちゃうからちょっと待っててよ。

F： 1）あっ、ピアノは？遅い時間に弾くとお隣に迷惑だからな。

M： 2）じゃ、それを先にやるよ。お母さん、お菓子買ってね。

F： 3）ピアノを練習したらね。それから、晩ご飯食べたら、宿題ちゃんとやるって約束できる？

M： うん、できる、できる。

子どもはこれから何をしますか。

1. そうじする
2. 買い物に行く
3. 勉強する
4. ピアノを練習する

M： 剛剛在打掃啊，現在要開始寫作業，所以等我一下。

F： 啊，鋼琴呢？太晚彈的話，會打擾到鄰居喔。

M： 那麼，我先練鋼琴。媽媽，記得買零食喔。

F： 練完鋼琴的話再說，然後會答應做到吃完晚餐後，功課會好好寫完嗎？

M： 嗯。做得到，做得到。

小孩接下來要做什麼呢？

1. 打掃
2. 買東西
3. 讀書
4. 練鋼琴

正解：4

 **重點解說**

從 1）和 2）可知會先練鋼琴。3）完整的句子是「ピアノを練習したら、スーパーでお菓子を買ってあげます」（若練鋼琴的話，去超市會買零食給你）。總之必須先練鋼琴。

---

11 番 MP3 02-01-11

男の学生と女の学生が話しています。女の学生はこれから何をしますか。

F： 今度のレポート大変そうだね。何について書くつもり？

M： 何って先生が授業で紹介してくれた5つの中から選べばいいじゃない。

F： そうだったんだ。ずっと悩んでてバカみたい。それはそうと、資料を探して書くつもり？それともアンケートするの？

男學生和女學生正在說話。女學生接下來要做什麼呢？

F： 這次的報告好像很難寫，你打算要寫什麼呢？

M： 要寫什麼……就從老師在課堂上介紹過的五個裡面去選就好了啊。

F： 對耶，我一直在煩惱著真是太蠢了。那樣的話，你是打算先找資料再寫，還是做問卷？

part 2

題型解析

問題1

解答 試題

問題2

解答 試題

問題3

解答 試題

問題4

解答 試題

問題5

解答 試題

M： うーん、みんなにいろいろ聞くのって面倒だけど、おもしろそうだと思ってるんだ。これから図書館で質問を考えるつもり。

F： 私はその前に 1）まずはテーマを決めなきゃ。

M： そうだね。じゃ、また。

F： あっ、私も行く。2）この本、きょうが返却日だった。こっちが先だ。

女の学生はこれから何をしますか。

1. 図書館に本を返す
2. アンケートをとる
3. 研究テーマを考える
4. 図書館で本を借りる

M： 雖然到處問一堆問題很麻煩，但我覺得好像蠻有趣的。等一下打算在圖書館想些問題。

F： 我在那之前，首先必須先決定題目。

M： 沒錯，那再見嘍。

F： 啊，我也要去。這本書今天到期，這要先還呢。

女學生接下來要做什麼呢？

1. 去圖書館還書
2. 收集調查意見
3. 思考研究題目
4. 在圖書館借書

正解：1

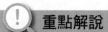 **重點解說**

從 1）會覺得接下來要做的事是先決定題目。但最後在 2）說了「返却日」（到期日）「こっちが先」（這要先還呢）。因此可知 2）要優先去做。

12 番 MP3 02-01-12

男の人と女の人が話しています。男の人はあした何を持っていきますか。

F： あした初めてのマラソンでしょう。途中で水を飲むのを忘れないでね。

M： じゃ、明日の朝、コンビニで買わなきゃ。

F： コース上に水を置いてる場所があるから大丈夫。

M： そうなんだ。ああ、なんだか不安だな。

男性和女性正在說話。男性明天要帶什麼去？

F： 明天是第一次跑馬拉松吧，在中途不要忘了喝水喔。

M： 那麼，明早要在超商買。

F： 賽道上有放置水的補給站，所以不用買。

M： 那樣啊。啊，總覺得有點不安。

F ： 水だけじゃなくて、スポーツドリンクもあるは
ずだから、できればそれも飲んだほうがいいよ。

M ： うん。途中でバナナとかチョコレートとか食べ
たほうがいい？

F ： 10キロのマラソンなら、1) バナナは持ってかな
くてもいいんじゃない？でも、2) できればチョ
コレートはあったほうがいいんじゃないかな。
だけど、一度にたくさん食べちゃだめだよ。

M ： わかったよ。

男の人はあした何を持っていきますか。

1. ミネラルウォーター
2. スポーツドリンク
3. バナナ
4. チョコレート

F ： 不只有水，應該也有運動飲
料。可以的話，那個也喝一
下比較好喔。

M ： 嗯，在中途是不是吃些香蕉
啊、巧克力之類的比較好
呢？

F ： 如果是10公里的馬拉松，
沒帶香蕉去沒關係吧！只不
過可以的話，有巧克力比較
好吧。但是，一次不能吃太
多喔。

M ： 我知道了。

男性明天要帶什麼去？

1. 礦泉水
2. 運動飲料
3. 香蕉
4. 巧克力

正解：4

 重點解說

「～んじゃない？」（不是～嗎？）並非否定的意思。

1)「持ってかなくてもいい」就是「持っていかなくてもいい」的意思。「V（テ形）く」
是「V（テ形）いく」的縮約形，用於口語表現。「持ってかなくてもいいんじゃない？」（不
是可以不要帶去嗎？）就是「持ってかなくてもいい」（可以不要帶去）的意思。

2)「できればチョコレートはあったほうがいいんじゃないかな」（可以的話，不是有巧
克力比較好嗎？）。也就是「チョコレートはあったほうがいい」（有巧克力比較好）的意思。

もんだい
問題2

 考你什麼？

在「問題2」這個大題裡，必須根據問題問的重點，仔細聽談話內容。因此務必聽清楚問題的「主語」和「疑問詞」。

例如在「女の人は子どもの時、何になりたかったですか」問題裡，對話中會出現男女各自敘述自己的事，此時最重要的是聽出女性想做的職業，而非男性的。此外，問題中會運用各種疑問詞來出題，最常問你「どうして？」。

本大題答題選項會列在問題用紙（試題本）上，請仔細看清楚選項內容，邊聽對話內容時邊留意與選項相似的用語。

 要注意什麼？

✔ 本大題開始前會先播放例題，讓你了解答題流程。注意例題不需作答。

✔ 問題重點擺在事情發生的原因或理由。

✔ 也可能問心理因素，例如生氣的理由等等。

一開始先掌握住它問什麼！	有約20秒空檔先解讀選項	仔細聆聽尋找符合「問題」問的選項。		
1 先聽情境提示和問題	**2** 「問題用紙」上解讀4個選項的差異	**3** 會話文開始	**4** 再聽一次問題	**5** 從4個選項中選擇答案

れい

1 男の人と女の人が話しています。女の人は一番ほしいものは何だと言っていますか。

3
M： 無料でもらえる物の中で何が一番欲しい？ほら、ポケットティッシュとか、よく配ってるでしょう。ただで。

F： ああ。わたしは何より化粧品がうれしいかな。お菓子も絶対もらうけど。

M： そんなの配ってるの、見たことないよ。

F： インターネットで無料のサンプルをもらうって方法よ。ほら、このペンももらったのよ。いいでしょう？

M： すごいね。

4
女の人は一番ほしいものは何だと言っていますか。

2
1. ポケットティッシュ
2. お菓子
3. 化粧品
4. ペン

5

	問 題 2			
れい	①	②	●	④
1	①	②	③	④
2	①	②	③	④
3	①	②	③	④
4	①	②	③	④
5	①	②	③	④
6	①	②	③	④

⏰ 注意

✓ 問題2題型共6題，本練習共12題。

✓ 每題僅播放一次。

✓ 每題播放情境提示和問題後，約20秒停頓可先解讀選項；整題播放結束後，約12秒為作答時間。

✓ 問題用紙（試題本）上僅有答題選項（文字或圖，如上步驟 **2** 框框內的文字選項）；沒有情境提示和問題，必須仔細聆聽MP3。

もんだい
問題2 🎧 MP3 02-02-00

　問題2では、まず質問を聞いてください。そのあと、問題用紙を見てください。読む時間があります。それから話を聞いて、問題用紙の1から4の中から、最もよいものを一つえらんでください。

1ばん 🎧 MP3 02-02-01

1　バス
2　新幹線
3　飛行機
4　バスと新幹線

2ばん 🎧 MP3 02-02-02

1　歌がとてもいいから
2　人気があるから
3　顔がかわいいから
4　ファンを大切にするから

3 ばん 🎧 MP3 02-02-03

1　足_{あし}を組_くんでいる人_{ひと}

2　酔_よっぱらっている人_{ひと}

3　寄_よりかかってくる人_{ひと}

4　ひざに大_{おお}きなかばんを置_おいている人_{ひと}

4 ばん 🎧 MP3 02-02-04

1　1泊_{ぱく}の旅行_{りょこう}だから

2　2泊_{はく}の旅行_{りょこう}だから

3　高_{たか}いから

4　仕事_{しごと}が忙_{いそが}しいから

題型解析

問題1
試題
解答

問題2
試題
解答

問題3
試題
解答

問題4
試題
解答

問題5
試題
解答

5 ばん 🎧 MP3 02-02-05

1 健康のため

2 かぜをひいたから

3 お酒を飲みすぎたから

4 頭が痛いから

6 ばん 🎧 MP3 02-02-06

1 雪が降っているから

2 信号が故障したから

3 ホームから人が落ちたから

4 帽子が線路に落ちたから

7 ばん 🎧 MP3 02-02-07

1　この小説家が好きだから
2　表紙が気に入ったから
3　内容がおもしろいから
4　この小説は人気があるから

8 ばん 🎧 MP3 02-02-08

1　練習したいから
2　好きな歌が歌いたいから
3　友だちと時間が合わないから
4　ストレスを発散したいから

題型解析

問題1　試題
解答

問題2　試題
解答

問題3　試題
解答

問題4　試題
解答

問題5　試題
解答

9 ばん 🎧 MP3 02-02-09

1　4日の土曜日
2　8日の土曜日
3　4日の日曜日
4　8日の日曜日

10 ばん 🎧 MP3 02-02-10

1　日本語の勉強になるから
2　旅行に行きたいから
3　料理を習いたいから
4　レストランの仕事に興味があるから

11 ばん　🎧 MP3 02-02-11

1　春<ruby>春<rt>はる</rt></ruby>
2　夏<ruby>夏<rt>なつ</rt></ruby>
3　秋<ruby>秋<rt>あき</rt></ruby>
4　冬<ruby>冬<rt>ふゆ</rt></ruby>

12 ばん　🎧 MP3 02-02-12

1　図書館に本を返すから
2　先生に本を返すから
3　先生と約束があるから
4　図書館で宿題をするから

問題2 スクリプト詳解

（解答）	1	2	3	4	5	6
	3	**3**	**3**	**2**	**1**	**4**
	7	8	9	10	11	12
	2	**3**	**2**	**4**	**1**	**3**

（M：男性　F：女性）

1番 MP3 02-02-01

男の人と女の人が話しています。男の人は何で行きますか。

M：東京に行く時、いつも何で行ってる？よく行くって聞いたんだけど。

F：友達に会いに行く時はバスが多いかな。ちょっと疲れるけど、安いし、ホテル代も一泊節約できるし。沢田君は旅行？

M：いや、面接。

F：それなら、新幹線のほうがバスよりいいと思うけど。

M：1）でも駅に行くまでが時間がかかりそうだな。家からだと空港のほうが近いんだ。

F：2）じゃ、そうすれば？最近は値段も下がって、新幹線と変わらないらしいし。

M：そう。じゃ、そうしようかな。

男性和女性正在說話。男性要怎麼去呢？

M：去東京的時候，你都坐什麼去？我聽說你常常去。

F：去見朋友的話比較常坐巴士吧。雖然有點累人，不過便宜還可以省下一晚的住宿費。澤田是要去旅行嗎？

M：不是，是要面試。

F：那樣的話，我覺得新幹線比巴士好。

M：不過到車站的路程好像很花時間，從家裡的話是機場比較近。

F：那就那樣決定如何？最近也降價了，跟新幹線差不多的樣子。

M：是嗎？那就那樣決定吧。

<ruby>男<rt>おとこ</rt></ruby>の<ruby>人<rt>ひと</rt></ruby>は<ruby>何<rt>なん</rt></ruby>で<ruby>行<rt>い</rt></ruby>きますか。

1. バス
2. <ruby>新幹線<rt>しんかんせん</rt></ruby>
3. <ruby>飛行機<rt>ひこうき</rt></ruby>
4. バスと<ruby>新幹線<rt>しんかんせん</rt></ruby>

男性要怎麼去呢？

1. 巴士
2. 新幹線
3. 飛機
4. 巴士和新幹線

正解：3

🔍 重點解說

對於女性說用新幹線去的提議，男性說「1）でも<ruby>駅<rt>えき</rt></ruby>に<ruby>行<rt>い</rt></ruby>くまでが<ruby>時間<rt>じかん</rt></ruby>がかかりそうだな。<ruby>家<rt>うち</rt></ruby>からだと<ruby>空港<rt>くうこう</rt></ruby>のほうが<ruby>近<rt>ちか</rt></ruby>いんだ」（不過到車站的路程好像很花時間，從家裡的話是機場比較近），表示新幹線的車站比較遠，機場是比較近的，換句話說搭飛機比較好。後來女性也用「2）じゃ、そうすれば？」（那就那樣決定如何？）表示支持男性的意見。

2<ruby>番<rt>ばん</rt></ruby> 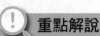 02-02-02

<ruby>女<rt>おんな</rt></ruby>の<ruby>人<rt>ひと</rt></ruby>と<ruby>男<rt>おとこ</rt></ruby>の<ruby>人<rt>ひと</rt></ruby>が<ruby>話<rt>はな</rt></ruby>しています。<ruby>男<rt>おとこ</rt></ruby>の<ruby>人<rt>ひと</rt></ruby>がこの<ruby>歌手<rt>かしゅ</rt></ruby>が<ruby>好<rt>す</rt></ruby>きな<ruby>一番<rt>いちばん</rt></ruby>の<ruby>理由<rt>りゆう</rt></ruby>は<ruby>何<rt>なん</rt></ruby>ですか。

F：<ruby>好<rt>す</rt></ruby>きだね。なんでそんなに1<ruby>人<rt>ひとり</rt></ruby>の<ruby>歌手<rt>かしゅ</rt></ruby>を<ruby>好<rt>す</rt></ruby>きになれるの？

M：なんでって<ruby>言<rt>い</rt></ruby>われてもなあ……。<ruby>歌詞<rt>かし</rt></ruby>も、<ruby>曲<rt>きょく</rt></ruby>もいいからかな……。

F：そういえば、<ruby>着<rt>ちゃく</rt></ruby>うたで1<ruby>位<rt>いち</rt></ruby>になったんだってね。すごい<ruby>人気<rt>にんき</rt></ruby>だよね。

M：うん、うん。ああ、でも、<u>1）<ruby>何<rt>なん</rt></ruby>といっても<ruby>顔<rt>かお</rt></ruby>かな</u>。

F：ふうん。

M：ファンを<ruby>大切<rt>たいせつ</rt></ruby>にしてるとこも<ruby>人気<rt>にんき</rt></ruby>の<ruby>理由<rt>りゆう</rt></ruby>なんだ。

女性和男性正在說話。男性喜歡這個歌手的最重要理由是什麼呢？

F：你真喜歡她。為什麼會那麼的喜歡一個歌手呢？

M：你問我為什麼我也說不出來……大概是因為歌詞和曲子都很好吧。

F：說到這，聽說她拿到了來電歌曲的第一名呢！好紅喔！

M：嗯，對啊。啊，不過講起來最重要的還是臉吧？

F：這樣啊？

M：重視歌迷也是她受歡迎的理由。

男の人がこの歌手が好きな一番の理由は何ですか。
1. 歌がとてもいいから
2. 人気があるから
3. 顔がかわいいから
4. ファンを大切にするから

男性喜歡這個歌手的最重要理由是什麼呢？

1. 因為歌好聽
2. 因為她很紅
3. 因為長得很可愛
4. 因為她很重視歌迷

正解：3

重點解說

問題 2 的這類題型常常出現詢問「理由」的問題。這一題是問「一番の理由」（最重要的理由），而「1) 何といっても」意思是最重要的。其它相似詞還有「一番」、「最も」、「何より」。

3番 MP3 02-02-03

男の学生と女の学生が話しています。男の学生がいやなのはどの人ですか。

F：きのう塾の帰り、1) お酒の匂いがぷんぷんする人に横に座られていやだった。

M：そういう人いるよね。足を組む人なんかも困るんじゃない？

F：うん、スカートが汚れるんじゃないかって気になる。ねえ、どんな人に隣に座られるといや？大きいかばんを膝の上に置いてる人とかは？

M：うーん、僕は 2) もたれかかってくる人かな。

F：ああ、わかる。あれ、困るよね。

男學生和女學生正在說話。男學生討厭的是哪一種人呢？

F：昨天從補習班回家時，我旁邊坐了一個渾身酒味的人，真討厭啊！

M：就有那樣的人對吧。蹺腳之類的人也很讓人困擾吧？

F：對，這樣子我會很在意裙子會不會被弄髒。你不喜歡怎麼樣的人坐你旁邊？比如說把大包包放在膝蓋上的人呢？

M：嗯，我討厭的是會靠到自己身上來的人吧。

F：啊～我懂。那樣會讓人困擾呢。

男の学生がいやなのはどの人ですか。
1. 足を組んでいる人
2. 酔っぱらっている人
3. 寄りかかってくる人
4. ひざに大きなかばんを置いている人

男學生討厭的是哪一種人呢？

1. 蹺腳的人

2. 喝醉的人

3. 靠到自己身上來的人

4. 在膝蓋上放大包包的人

正解：3

🔍 重點解說

　　男學生討厭的是「2）もたれかかってくる人」（靠到自己身上來的人），和這一句意思相同的是選項3。「膝」這個字通常會用平假名來表示，所以假名也要記牢。而選項2的「酔っ払っている人」（喝醉的人）是指對話中「1）お酒の匂いがぷんぷんする人」（渾身酒味的人）。對話中的表現和選項用的字彙常常會不相同，所以聽的時候不只要找答案選項上的詞彙，連相關的單字都要注意。

4番 ⏵MP3 02-02-04

男の人と女の人が話しています。男の人はどうして行きたくないと言っていますか。

F： さ来週、月曜日に休暇を取って海外旅行しない？

M： それって、土日を入れて3日ってこと？でも、最初の日に行って、最後の日は帰ってくるんだから、結局1日と同じだよ。

F： でも、その頃なら人も少ないし、何より格安のチケットがあるんだ。1）忙しいの？

M： 2）そうでもないけど、急に休みとるのは難しいと思う。3）それにやっぱり3日は短すぎるよ。

男の人はどうして行きたくないと言っていますか。
1. 1泊の旅行だから
2. 2泊の旅行だから
3. 高いから
4. 仕事が忙しいから

男性和女性正在說話。男性為什麼說不想去呢？

F： 下下禮拜，要不要禮拜一請假去國外玩？

M： 意思是連六、日總共三天嗎？不過第一天出發，最後一天回來，所以跟一天其實是一樣的喔！

F： 不過那個時候人也少，而且最重要的是有便宜的機票。你很忙嗎？

M： 也不是，不過臨時要請假很難。而且三天真的太短了啦！

男性為什麼說不想去呢？

1. 因為是兩天一夜的旅行

2. 因為是三天兩夜的旅行

3. 因為很貴

4. 因為工作很忙

正解：2

part 2

題型解析

問題1　解答　試題

問題2

解答　試題

問題3　解答　試題

問題4　解答　試題

問題5　解答　試題

69

🔍 **重點解說**

「3) やっぱり3日は短すぎるよ」（三天真的太短了啦）提到了三天，所以可知是三天兩夜的旅行。男性的意思是住兩晚的行程太短不想去。對於女性的問題「1) 忙しいの？」（你很忙嗎？）男性回答了「2) そうでもないけど」（也不是），所以選項4不是正確答案。

5番 🎧 MP3 02-02-05

女の人と男の人が話しています。女の人はどうして薬を飲みますか。

M： 福永さん、1) 二日酔いですか？

F： いいえ、2) 森下さんといっしょにしないでください。3) これ、体にいいものがたくさん入ってるんです。これを飲み始めてから、かぜをひきにくくなったんですよ。

M： へえ、僕、かぜで頭が痛いんですけど。

F： よかったら、1つ飲んでみます？かぜも頭痛も早く治るかもしれませんよ。

M： そうだといいなあ。じゃ、1つください。

女の人はどうして薬を飲みますか。
1. 健康のため
2. かぜをひいたから
3. お酒を飲みすぎたから
4. 頭が痛いから

女性和男性正在說話。女性為什麼要吃藥呢？

M： 福永小姐，你宿醉嗎？

F： 不是，請不要把我當成跟森下先生你一樣。這個裡面有很多對身體好的東西。開始吃這個之後，我就變得不容易感冒了喔！

M： 是嗎？我因為感冒頭很痛。

F： 要不要吃一顆試試看？說不定感冒和頭痛都會早點好喔！

M： 如果是這樣就好了。那請給我一顆。

女性為什麼要吃藥呢？

1. 為了健康
2. 因為感冒了
3. 因為喝太多酒了
4. 因為頭痛

正解：1

🔍 **重點解說**

從女性說的「3) これ、体にいいものがたくさん入ってるんです」（這個裡面有很多對身體好的東西）可知答案是選項1。男性問了「1) 二日酔いですか？」（你宿醉嗎？），而女性回答了「2) 森下さんといっしょにしないでください」（請不要把我當成跟森下先生你一樣），意思是「我和你是不一樣的」，所以選項3不是答案。

6番 🎵 MP3 02-02-06

男の人と女の人が話しています。電車はどうして遅れていますか。

F： もしもし、北原ですけど、そっちに着くのちょっと遅れそう。

M： 雪で電車が遅れてるの？それとも信号の故障とか？

F： 原因ははっきりわからないんだけど、遅れてる。……えっ？落ちた？

M： 人？

F： 駅の職員が線路に下りて行ってるけど……人じゃなさそう。乗客が何か落とし……あっ、1) 帽子が飛んで線路に落ちたみたい。

M： とにかく事情はわかったよ。2) こっちも雪と風で道が込んでるから、遅くなるかも。

F： わかった、じゃ、そういうことで。坂本君も 3) 運転気をつけてね。

電車はどうして遅れていますか。
1. 雪が降っているから
2. 信号が故障したから
3. ホームから人が落ちたから
4. 帽子が線路に落ちたから

男性和女性正在說話。電車為什麼延誤了呢？

F： 喂，我是北原，我好像會晚一點到那邊。

M： 因為下雪電車延誤了嗎？還是號誌故障了呢？

F： 原因我不是很清楚，就是延誤了……咦？掉下去了？

M： 人嗎？

F： 站員走下軌道了……好像不是人的樣子。有乘客的東西掉下去了……啊，好像是帽子飛到軌道上了。

M： 總之我了解情況了。我這邊也因為下雪和刮風而塞車，可能會遲到。

F： 我知道了，那就先這樣，坂本先生也要小心開車喔！

電車為什麼延誤了呢？
1. 因為下雪了
2. 因為號誌故障了
3. 因為有人掉下月台了
4. 因為帽子掉到軌道上了

正解：4

❗ 重點解說

女性說了「1) 帽子が飛んで線路に落ちたみたい」（好像是帽子飛到軌道上了），可以由此得知答案。從男性說的「2) こっちも雪と風で道が込んでるから、遅くなるかも」（我這邊也因為下雪和刮風而塞車，可能會遲到），和女性說的「3) 運転気をつけてね」（小心開車喔），可知男性是開車且因風雪而可能會遲到；而電車的延誤就與風雪沒有很直接的關係了。

71

7番 MP3 02-02-07

男の学生と女の学生が話しています。男の学生はどうして本を買いましたか。

M： この本、おもしろかったよ。よかったら読む？

F： その作家のファンなの？

M： ううん、読むのは初めて。こないだ本屋へ行った時に表紙が 1）かっこよかったから、2）内容もおもしろいんじゃないかと思って買ったんだ。

F： 外れる時もあるけど、わたしもＣＤをジャケットで選ぶことがあるな。

M： 後で知ったんだけど、最近人気あるんだってこの小説。

F： へえ、じゃ貸して。

男の学生はどうして本を買いましたか。
1. この小説家が好きだから
2. 表紙が気に入ったから
3. 内容がおもしろいから
4. この小説は人気があるから

男學生和女學生正在說話。男學生為什麼買了書呢？

M： 這本書很好看喔！要不要看？

F： 你是那個作家的粉絲嗎？

M： 不是，我第一次讀他的書。我之前去書店的時候因為覺得封面設計很好看，我想內容應該也會很精采吧，所以就買了。

F： 雖然有時候也會押錯寶，不過我也曾用封面來選 CD。

M： 我後來才知道，這本小說據說最近很受歡迎。

F： 真的嗎？那借我。

男學生為什麼買了書呢？

1. 因為喜歡這個小說家
2. 因為喜歡封面
3. 因為內容很有趣
4. 因為這本小說很受歡迎

正解：2

🔍 **重點解說**

從「1）かっこよかったから」（因為封面設計很好看），可以知道答案是選項2。「2）内容もおもしろいんじゃないかと思って」（我想內容也會很精采），這句只是推測，並不知道是否真的很好看，所以選項3不是正確答案。

題型解析

問題1 試題 解答

問題2 試題 解答

問題3 試題 解答

問題4 試題 解答

問題5 試題 解答

8番 MP3 02-02-08

男の人と女の人が話しています。男の人はどうして1人でカラオケへ行くのですか。

F： きのう初めて1人で歌えるカラオケへ行ったんだ。

M： ヒトカラね。僕は月に1回くらい行くよ。で、ストレス解消になった？

F： うん、佐々木君も仕事で嫌なことがあってストレスたまってるの？

M： 1) ううん、本当はおしゃべりできるから大勢で行くほうが好きなんだけど。

F： ああ、土日が休みじゃないからね。

M： 2) そうなんだ。みんなとはなかなかね。

F： 練習したいときには便利だよね。みんなと行くと、好きな歌を歌われちゃったりもするし。

M： 3) それはいいんだけどね。まあ、空いた時間に行けるから、1人もたまにはいいけどね。

男の人はどうして1人でカラオケへ行くのですか。

1. 練習したいから
2. 好きな歌が歌いたいから
3. 友だちと時間が合わないから
4. ストレスを発散したいから

男性和女性正在說話。男性為什麼一個人去唱卡拉OK呢？

F： 昨天第一次去那種可以自己一個人唱歌的卡拉OK。

M： 一人卡拉OK啊，我一個月大概會去一次耶，那……有紓解壓力了嗎？

F： 佐佐木先生也是因為工作上有令人討厭的事，所以累積了壓力嗎？

M： 不是，其實因為可以聊天，所以比較喜歡一大群人一起去。

F： 啊，因為你不是在星期六、日放假。

M： 就是啊，很難和大家約。

F： 想要練習的時候很方便吧。大夥一起去的話，有時喜歡的歌會被人先唱走之類的。

M： 那倒是沒關係啦。哎，因為有空的時間就可以去，有時一個人也不錯。

男性為什麼一個人去唱卡拉OK呢？

1. 因為想要練習
2. 因為想唱喜歡的歌
3. 因為和朋友時間不合
4. 因為想要紓解壓力

正解：3

🔍 **重點解說**

本題可以從男性的回覆找出正解。從1）和3）可知紓解壓力、唱喜歡的歌都不是原因。2）則可知是附和女性說的，完整句子是「土日が休みじゃないから、みんなとはなかなか行けない」。

9番 MP3 02-02-09

男の人と女の人が話しています。いつ集まることになりましたか。 M： みんなで来週集まる日なんだけど、僕は週末以外ならいつでもいいよ。 F： 1）8日と9日の土日以外ね。私は週の前半がいいな。4日の火曜日の午後あたりどう？ M： 山本はたしか週の木曜以降にしてくれないかって言ってたけど。 F： そう、2）じゃ、後半だね。都合を合わせるのもなかなか難しいね。 M： うん。ねえ、週末1日だけならなんとかなるんだけど、どうかな。 F： そうね、3）8日ならなんとかなりそう。日曜よりその日のほうがいいな。 M： 4）わかった。じゃ、その日にしよう。	男性和女性正在說話。決定什麼時候要聚會呢？ M： 關於大家下星期聚會的時間。我除了週末以外，什麼時候都可以。 F： 8號星期六和9號星期日除外吧。我是下週的前半可以，4號星期二的下午左右如何？ M： 山本是有說過可不可以在下週四以後。 F： 那樣啊。那麼，後半是吧。時間要互相配合也相當困難呢？ M： 嗯，不然週末的其中一天的話，總會有辦法的吧。如何呢？ F： 好啊，8號的話好像比較可行。比起星期天，那一天比較好。 M： 我知道了。那麼就決定那一天。
いつ集まることになりましたか。 1. 4日の土曜日 2. 8日の土曜日 3. 4日の日曜日 4. 8日の日曜日	決定什麼時候要聚在一起呢？ 1. 4號星期六 2. 8號星期六 3. 4號星期日 4. 8號星期日 正解：2

🔍 **重點解說**

　　4號和8號發音易混淆，要特別留意。本題必須聽到最後才能判斷正解，一開始1）女性提到8號和9號不行，同時配合友人的時間2）同意約那週的後半日期。而3）女性又改口說8號也可以。最後4）從男性口吻可知決定8號星期六。

10番 MP3 02-02-10

男の人と女の人が話しています。女の人はどうしてアルバイトをしますか。

M： 今、働いてる店でアルバイトを募集してるんだけど、どう？

F： そこって和食の店だよね。やる、やる。

M： ほんと？よかった。そういえば、陳さん、日本食が好きだったよね。

F： うん、きれいだし、ヘルシーだし。食べるだけじゃなくて、作ってみたいんだ。

M： それで引き受けてくれるの？

F： 1) 専門的に料理を勉強したいわけじゃないけどね。

M： じゃ、日本へ旅行に行く前に和食について知りたいからとか？

F： 2) それもあるけど、将来、レストランで働くつもり。お客さまに食事を楽しんでもらいたいの。

M： ああ、接客の仕事か。きっと日本語も上手になると思うよ。

F： そうだといいな。

女の人はどうしてアルバイトをしますか。
1. 日本語の勉強になるから
2. 旅行に行きたいから
3. 料理を習いたいから
4. レストランの仕事に興味があるから

男性和女性正在說話。女性為什麼要打工呢？

M： 我工作的店現在正在找打工的人，你覺得如何？

F： 那裡是和食的店吧。我要做，我要做。

M： 真的嗎？太好了。那麼一提，記得陳小姐是喜歡日本料理的，對吧？

F： 嗯，擺盤既漂亮又健康。不光是吃，還想做做看！

M： 是因為那樣才答應的嗎？

F： 雖然並不是想鑽研烹飪啦。

M： 那麼是因為去日本旅行前，想了解關於和食之類的嗎？

F： 那也是有啦。只是未來打算在餐廳工作，希望客人能夠用餐愉快。

M： 啊，是接待客人的工作啊。我想日文一定也會變得很厲害喔！

F： 如果是那樣的話那就太好嘍！

女性為什麼要打工呢？

1. 因為可以學日文

2. 因為想去旅行

3. 因為想學烹飪

4. 因為對餐廳的工作有興趣

正解：4

🔍 重點解說

從1）「～わけじゃない」（並非是～）可知否定了想鑽研烹飪。2）「それもあるけど」（也是原因之一）後面緊接講到真正的原因「對餐廳工作、餐飲服務有興趣」。

11番 🎵MP3 02-02-11

男の人と女の人が話しています。男の人はいつ行くと言っていますか。

F：はい、これ北海道のお土産です。

M：ああ、どうも。いいなあ。北海道、僕も来年行きたいと思ってるんですけどね。

F：どの季節もいいって言いますよね。私今度は雪を見に行ってみたいんです。

M：1) 僕は寒いのが苦手だから、できれば過ごしやすいときがいいですね。

F：じゃ、春か夏？東京と比べれば、夏も涼しいらしいですけど。

M：でも、夏休みって人が多そうでしょ。春はどうでしたか。

F：やっぱり、桜がきれいな頃だったから、観光客がたくさん来てましたよ。秋のもみじがきれいな頃もいっしょじゃないかしら。

M：そうですよね。じゃ、2) 人が多いのは仕方ないか。3) 今からだと、もみじの頃はお金が足りそうもないから、来年、暖かくなってからにします。

男の人はいつ行くと言っていますか。

1. 春
2. 夏
3. 秋
4. 冬

男性和女性正在說話。男性說什麼時候要去呢？

F： 來，這是北海道的特產。

M： 啊，謝謝，真好。我明年也想去北海道！

F： 都說不論哪一個季節去都很好，我下次想要去看看雪。

M： 因為我很怕冷。所以盡可能在舒適的季節去比較好。

F： 那麼春天或夏天呢？和東京相比，夏天好像也比較涼爽。

M： 但是暑假人好像很多吧。春天如何呢？

F： 畢竟櫻花綻放的季節，有很多觀光客前來。秋天楓葉正美時好像也是一樣。

M： 說的也是，人多也是沒辦法。從現在到楓葉的季節，錢也好像存不夠，所以決定明年等變暖些再說。

男性說什麼時候要去呢？

1. 春
2. 夏
3. 秋
4. 冬

正解：1

重點解說

　　1）提到男性因怕冷所以不想冬天去，同時人太多的話也討厭。但在2）可知人多也是無可奈何之事，最終3）提到關鍵「お金が足りそうもない」（錢好像存不夠），所以要等天氣變暖些，也就是決定春天再去。

12番 (MP3) 02-02-12

<table>
<tr>
<td>

男の人と女の人が話しています。男の人はどうしていっしょに帰りませんか。

F：授業やっと終わったね。

M：でも、宿題がきょうは多かったよな。家に帰るとやる気なくなるかも。帰る前に図書館に寄るよ。

F：そっか。じゃ、私も図書館に行こうかな。さっき先生が紹介してた本、おもしろそうだったから、あったら借りて帰りたいし。

M：あっ今の、先生っていうので思い出した。

F：また、先生の本、借りっぱなしだったの？

M：いや、図書館の本はきのうちゃんとね。1）だけど、それより進路のことで先生に相談に乗ってもらうことになってたのを忘れてた。じゃ、お先に。

男の人はどうしていっしょに帰りませんか。
1. 図書館に本を返すから
2. 先生に本を返すから
3. 先生と約束があるから
4. 図書館で宿題をするから

</td>
<td>

男性和女性正在說話。男性為什麼沒有一起回家呢？

F：課終於結束了。

M：但是今天功課好多喔。回到家可能會不想寫，回家前要先去圖書館。

F：那樣啊，那麼我也去圖書館吧。老師剛剛介紹的那本書好像很有趣，如果有的話想去借回家看。

M：啊，提到老師，我突然想起來。

F：老師的書，又借了還沒還喔？

M：不是。圖書館的書昨天就歸還，但比起那個，我忘了要和老師諮商畢業後的出路。那，我先去了。

男性為什麼沒有一起回家呢？

1. 因為要還書給圖書館

2. 因為要還書給老師

3. 因為和老師有約

4. 因為要在圖書館做功課

正解：3

</td>
</tr>
</table>

 重點解說

　　從1）可知和老師已經有約，必須先赴約。

もんだい
問題3

 考你什麼？

「問題3」可能是一段論述，要你從論述邏輯中掌握說話者的主張和意見。可以先從職業、狀況來推測提問，例如若談話者是政治家，那麼問題有可能是他的政見主張，因此取談話內容時，首要注意「談話主張」「談話主題」。

要注意，本題型題目只唸一次，在整段論述或對話結束後，答題選項無文字或圖，全憑聽力。

 要注意什麼？

✔ 本大題開始前會先播放例題，讓你了解答題流程。注意例題不需作答。

✔ 本題型在問題用紙（試題本）上沒有任何圖畫或文字，必須用聽的從4個選項中判斷文章談話重點。

✔ 出題方向可能會針對說話者的想法、主張或意見。

✔ 把握文章的主軸和重點，在這個題型裡是很重要的。

注意！不會先提出問題

① 聽談話的情境提示

② 仔細聽談話內容邊作重點筆記

問題此時才出現

③ 聆聽提問問題

④ 仔細聆聽從 4 個選項中選擇答案

れい

①
男の人と女の人が話しています。

②
F ： ベランダに植物を置きたいと思ってるんだけど、何かいいのないかな。
M ： 育てたことはあるの？
F ： ううん、残業とか出張も多いから、できるだけ手間がかからないのがいい。
M ： 水やりもあまりできそうにないね。それで、外に置いとくんだよね。
F ： うん、置きっぱなしになると思う。
M ： それなら、砂漠のようなところの植物はどうかな。砂漠は雨が降らない時期が長いから水やりは土が乾いてからでいいし、朝夕と昼間の温度差が激しい場所の植物だから、ベランダでも育つと思うよ。たとえば、ほら、この写真のこれ。
F ： ああ、見たことある。これなら、私でも大丈夫そう。
M ： 葉っぱも落ちないし、植え替えも 2 年に 1 回くらいでいいと思うよ。

③
女の人は何を頼んでいますか。

④
1. 女の人が育てられる植物を教えてほしい
2. 植物の育て方を教えてほしい
3. 珍しい植物を教えてほしい
4. 植物をいっしょに見に行ってほしい

④

問題 3			
れい	●	②	③	④
1	①	②	③	④
2	①	②	③	④
3	①	②	③	④

⏰ 注意

✔ 問題 3 題型共 3 題，本練習共 6 題。

✔ 每題僅播放一次。

✔ 每題播放結束後，約 10 秒為作答時間。

✔ 問題用紙（試題本）上沒有任何圖畫或文字，必須仔細聆聽 MP3 邊在問題用紙上作筆記。

もんだい
問題3 🎧 MP3 02-03-00

　問題3では、問題用紙に何もいんさつされていません。この問題は、ぜんたいとしてどんなないようかを聞く問題です。話の前に質問はありません。まず話を聞いてください。それから、質問とせんたくしを聞いて、1から4の中から、最もよいものを一つえらんでください。

1ばん 🎧 MP3 02-03-01

2ばん 🎧 MP3 02-03-02

3ばん 🎧 MP3 02-03-03

4 ばん 🎧 MP3 02-03-04

5 ばん 🎧 MP3 02-03-05

6 ばん 🎧 MP3 02-03-06

part 2

題型解析

問題1

試題

解答

問題2

試題

解答

問題3

試題

解答

問題4

試題

解答

問題5

試題

解答

問題3　スクリプト詳解

（解答）	1	2	3	4	5	6
	2	3	2	4	1	2

（M：男性　F：女性）

1番 🎧 MP3 02-03-01

市の職員が話しています。

M：昨年末、緑ヶ丘駅という新しい駅ができました。それによって駅の周りの再開発が進んでいますが、市の中心から遠いため、市役所の出張所や図書館を緑ヶ丘駅近くにも作ることになりました。駅の隣にできたビルをご存知でしょうか。下がデパート、上がマンションになっているビルです。そこの6階に図書館ができ、きょうから利用していただけるようになりました。40万冊の本を自動で借りたり、返却できたりできるシステムとなっています。お買い物や通勤、通学のついでにぜひお立ち寄りください。1) 市役所出張所も来月、同じビルの5階にできる予定ですので、そちらもぜひご利用ください。

職員は何について話していますか。
1. 新しくできた市役所の出張所について
2. 新しくできた図書館について
3. 新しくできたマンションについて
4. 新しくできた駅について

市政府的職員正在說話。

M： 去年年底新的車站綠之丘通車了。雖然隨著新車站開通帶動周邊的再開發建設，但由於距離市中心較偏遠，因此決定在綠之丘的車站附近也設立市政府便民服務站、圖書館。大家知道蓋在車站旁邊的大樓嗎？下面是百貨公司，上面是住宅的大樓。在那棟6樓設置了圖書館，從今日起即可利用。是套40萬本藏書可以自助借出歸還的系統，購物、通勤、通學時，請務必順道來看看。因為市政府便民服務站也預計下個月，在同棟大樓5樓成立，也敬請多加利用。

職員正在說關於什麼事？
1. 關於新成立的市政府便民服務站
2. 關於新成立的圖書館
3. 關於新蓋的住宅
4. 關於新蓋的車站

正解：2

part 2

題型解析

問題1
試題 解答

問題2
試題 解答

問題3
試題 解答

問題4
試題 解答

問題5
試題 解答

重點解說

　　講述內容中可知很多情報是關於圖書館，雖然也有講到市政府便民服務站，但1）則可知還沒完工僅是順帶提出，所以選項1不是答案。

2番 🎧 MP3 02-03-02

学校の先生が話しています。

F ： 暑くなってくると、学校では水泳の授業が始まります。我が校では、泳ぐ距離を長くする練習に加えて、昨年から服を着たまま水に浮く練習をしています。1) 水の事故の7割から8割が服を着た状態で起こっています。ですから、もし、2) この方法を知っていれば、助けが来るまで、呼吸をすることができます。釣りなどをしていて川や海に落ちてしまっても、自分を守ることができるのです。

先生は何について話していますか。
1. 川や海での事故について
2. 川や海での事故の原因について
3. 水泳の授業について
4. 泳ぐときの呼吸の方法について

學校的老師正在說話。

F ： 天氣變熱之後，學校的游泳課就會開始。在我們學校，游泳距離加長的練習之外，從去年開始還加上穿著衣服浮在水上的練習。溺水事故中的7成到8成，都在穿著衣服的狀態下發生。因此，假如知道這個方法的話，在救援到來之前都可以呼吸。即使因正在進行釣魚等的活動而掉入河川或海裡，也可以保護自己。

老師正在說關於什麼事呢？
1. 關於發生在河川或海洋的事故
2. 關於發生在河川或海洋的事故原因
3. 關於游泳課
4. 關於游泳時的呼吸法

正解：3

重點解說

　　一開始即說到是授課的內容，而1）針對溺水事故探究原因，2）則講述因應1）的措施，但非整段談話的主要部分。

駅で女の人と男の人が話しています。

F：この広告、この前テレビで紹介してたよ。

M：歩きながらスマートフォンを使うのはやめましょうっていう広告ね。

F：うん、スマートフォンって時間や場所に関係なく使えるから便利なんだけどね。

M：地図とか電車の時間とかすぐ調べられるしね。でも、1) こないだ歩いてる人にぶつかっちゃって。子供やお年寄りじゃなかったから、よかったんだけど。

F：画面に集中して周りが見えなくなるからね。2) 駅のホームから落ちてしまった小学生もいたよね。

M：うん、学校でも 3) 安全に使う方法の講習会を開いてるそうだよ。

F：自分のためだけじゃなく、4) 周りの人のことも考えて使わないとね。

2人は何について話していますか。

1. スマートフォンの便利さについて
2. スマートフォンの危険性について
3. スマートフォンのマナー教室について
4. スマートフォンのマナー広告について

在車站男性和女性正在說話。

F：這個廣告，前一陣子電視上有介紹耶。

M：不要邊走邊使用手機的廣告啊。

F：嗯，因為手機無關時間或場所都可以用，是很方便啦。

M：又可以馬上查地圖或電車時間之類的。但是前一陣子我不小心撞到了正在行走的人。幸好不是撞到小孩或老人。

F：因為專注於畫面，變得看不見周遭。也有從車站的月台掉下去的小學生呢。

M：嗯，聽說連學校也開安全的使用方法講座呢。

F：不僅是為了自己，也必須考慮到周遭的人。

兩人正在說關於什麼事？

1. 關於智慧型手機的方便性
2. 關於智慧型手機的危險性
3. 關於智慧型手機的禮儀講座
4. 關於智慧型手機的禮儀廣告

正解：2

🔍 **重點解說**

從 1）和 2）可知因使用智慧型手機釀成的禍事。3）提到的講座是針對安全的使用方法，而 4）雖然提到很便利，但如果不考慮周遭狀況是危險的，因此選項 2 是正解。

4番 MP3 02-03-04

教室で女子学生と男子学生が話しています。

F： 今度日本へ旅行に行こうと思ってるんだけど、日本って電車やバス代が高いよね。

M： 交通費を節約したいのなら、周遊券を買うって方法もあるよ。

F： 乗り放題の切符ね。

M： そうそう、電車だけでなく、バスにも乗れるし、美術館やレストランの割引券も付いてるから、お得だよ。

F： へえ、交通費のほかに食事代も安くなるっていいわね。

M： うん、1）でも、どんな旅行をするかにもよるよ。あまりいろいろ行かないなら、普通の切符を買ったほうが安い場合もあるよ。

F： そうだよね。じゃ、2）まずどこを回るかじっくり考えてみるわ。

M： それがいいよ。

男子学生が言いたいことは何ですか。

1. 周遊券を買ったほうがいい
2. 周遊券は買わないほうがいい
3. どんな周遊券があるか調べてみたほうがいい
4. 旅行のスケジュールを立ててみたほうがいい

在教室女學生和男學生正在說話。

F： 下次我打算去日本旅行，但是日本的電車或公車費用很高耶。

M： 想要省交通費的話，也有買周遊券遊玩的方法啊。

F： 無限次乘坐的票啊。

M： 沒錯沒錯！不只電車、公車也可以坐，還附美術館或餐廳的折價券，很划算喔。

F： 哇，不僅交通費，連餐費也變便宜。真不錯耶。

M： 嗯，但也得看想做什麼樣的旅行。假如不去很多地方，也有買普通票還比較便宜的情況。

F： 也對。那麼，首先要好好地來想想要去哪裡逛？

M： 那很好喔。

男學生想說的事是什麼？

1. 最好買周遊券
2. 最好不要買周遊券
3. 最好查看看有什麼樣的周遊券
4. 最好訂立旅遊計畫

正解：4

🔍 **重點解說**

一開始男性雖然說到買周遊券可以節省旅費，但1）男性又指出依據地點多寡，有時買單程票還比較便宜。最後從附和2）女性說的先規劃好行程可知正確選項是4。

題型解析

問題1 試題 解答

問題2 試題 解答

問題3 試題 解答

問題4 試題 解答

問題5 試題 解答

5番 02-03-05

小学校で男の先生が話しています。

M：みなさん、夏休みはどうでしたか。今年もとても暑かったですが、みなさんが熱中症の予防をきちんとしていたので、熱中症になった人はいませんでした。きょうから新学期が始まります。1）これから秋、冬とだんだん寒くなっていきますから、カゼをひかないように、次のことをぜひ守ってください。学校で昼ごはんを食べる前やお家に帰ったら、石鹸で手をよく洗いましょう。うがいもするといいですね。それから、好き嫌いせずにお肉も魚も野菜も食べましょう。夜はできるだけ早く寝て睡眠を十分とるようにしてくださいね。

男の先生は何について話していますか。
1. かぜの予防について
2. 熱中症の予防について
3. 栄養のバランスについて
4. 睡眠の重要性について

在小學裡男老師正在說話。

M： 大家的暑假過得如何呢？雖然今年也非常炎熱，但是因為大家都有嚴防中暑，所以並沒有人中暑。從今天起，是新的學期的開始，接著進入秋冬，天氣會漸漸變寒冷。為了預防感冒，請務必遵守以下事項：在學校吃午餐前或回到家後，請用肥皂將手洗乾淨；最好也漱漱口。然後，不論喜歡或討厭，魚肉蔬菜都要吃；晚上請儘可能早睡，睡眠要充足喔。

男老師正在說關於什麼事呢？
1. 關於預防感冒
2. 關於預防中暑
3. 關於營養均衡
4. 關於睡眠的重要性

正解：1

重點解說

開頭說了因為有確實做好嚴防中暑，所以沒有人中暑，但後面1）才是談話的重點，後半部都是講關於如何預防感冒。

part 2

題型解析

問題1 試題 解答

問題2 試題 解答

問題3 試題 解答

問題4 試題 解答

問題5 試題 解答

6番 MP3 02-03-06

学校で男の学生と女の学生が話しています。

M： さっきの授業のノート見せて。

F： とってないの？

M： あの先生、1）試験前になると急いで教えるから黒板の字がわかりにくいんだよね。

F： 2）説明も早口だったね。私もちゃんととれてるかどうか、あやしいかも。

M： 授業中に質問すると、後にしろって言うから、きちんと理解できてない気がするよ。3）黒板もすぐ消しちゃうし。

F： 教科書に書かれていないことを話してくれるから、授業はおもしろいんだけどね。

M： うん、でも、4）もうちょっとペースを考えてほしいな。

男の学生は先生にどうしてもらいたいのですか。

1. もっとゆっくり話してほしい
2. もっとゆっくり教えてほしい
3. もっと字を大きく書いてほしい
4. もっと字をきれいに書いてほしい

在學校男學生和女學生正在說話。

M： 借我一下剛剛上課的筆記。

F： 沒抄到嗎？

M： 因為那老師每到考試前，總是教得匆匆忙忙，黑板的字很難看得懂呢。

F： 講解也講得很快。我有沒有完全抄對，也不確定。

M： 如果在課堂中發問，他會說等一下再問，總覺得沒有好好地理解，黑板也很快就擦掉了。

F： 因為會說些在教科書上沒有寫的東西，所以上課還蠻有趣的。

M： 嗯，但是，還是希望他可以再多考慮一下上課的進度。

男學生希望老師如何做呢？

1. 希望講話再慢一點
2. 希望教得再慢一點
3. 希望字寫得再大一點
4. 希望字寫得再工整一點

正解：2

! **重點解說**

從1）2）3）可知老師每當考試前夕會發生板書潦草、講解速度太快、板書太快擦掉等問題，但4）才是直接指出希望老師做的事。

もんだい
問題4

 考你什麼？

　　在「問題4」這個大題裡，必須先看圖並聽狀況說明後，選出三個表達中最符合狀況的選項。首先邊看圖邊聽狀況說明時，試著掌握是哪種狀況下的表達。同時圖中會以「箭頭」標示出發話者，請注意發話者應該怎麼「發話」。

 要注意什麼？

✔ 本大題開始前會先播放例題，讓你了解答題流程。注意例題不需作答。

✔ 提問和選項都很短，務必集中精神仔細聆聽。

✔ 本題型答案的選項只有3個。問題用紙（試題本）上只有圖畫，沒有文字；利用圖畫判斷發話者在該情境下如何發話。

一開始先掌握住情境與
箭頭指向的發話者

1 留意圖中箭頭所指的
發話者邊聽提問情境

2 針對提問，聆聽
選項思考可配對
的答案

3 從 3 個選項中
選出最適宜的
答案

れい

1 F：12月 31日に先生に会いました。何と言いますか。

2 M：1.明けましておめでとうございます。
2.よいお年を。
3.お世話になります。

1

3

問　題 4			
れい	①	●	③
1	①	②	③
2	①	②	③
3	①	②	③
4	①	②	③

⏰ **注意**

✔ 問題 4 題型共 4 題，本練習共 8 題。

✔ 每題僅播放一次。

✔ 每題播放結束後，約 10 秒為作答時間。

✔ 問題用紙（試題本）上僅有情境圖畫（如上步驟 **1** 框框內的圖）；

　沒有情境和問題，必須仔細聆聽 MP3。

もんだい
問題4 🎧 02-04-00

問題4では、えを見ながら質問を聞いてください。やじるし（➡）の人は何と言いますか。1から3の中から、最もよいものを一つえらんでください。

1ばん 🎧 02-04-01

2 ばん　🎧 MP3 02-04-02

3 ばん　🎧 MP3 02-04-03

4 ばん MP3 02-04-04

5 ばん MP3 02-04-05

6 ばん 🎧 MP3 02-04-06

7 ばん 🎧 MP3 02-04-07

part 2

題型解析

問題1 試題
解答

問題2 試題
解答

問題3 試題
解答

問題4 試題
解答

問題5 試題
解答

8 ばん MP3 02-04-08

part 2

題型解析

問題1

解答 試題

問題2

解答 試題

問題3

解答 試題

問題4

解答 試題

問題5

解答 試題

問題4　スクリプト詳解

（解答）	1	2	3	4	5	6	7	8
	1	**2**	**1**	**2**	**1**	**1**	**3**	**2**

（M：男性　F：女性）

1番 MP3 02-04-01

F：前を歩いていた人がハンカチを落としました。何と言いますか。

M：1. ハンカチが落ちましたよ。

　　2. きれいなハンカチですね。

　　3. ハンカチを落としてしまいました。

F：走在前面的人弄掉了手帕，這時會說什麼呢？

M：1. 手帕掉了喔！

　　2. 好漂亮的手帕啊！

　　3. 把手帕弄掉了。

正解：1

重點解說

　　走在前面的人不是故意弄掉手帕，所以用的是自動詞的「落ちる」。比如買東西的時候，如果衣服等商品上有髒污的時候，會說「ここ（が）汚れているんですが、新しいのはありませんか」（這裡髒掉了，有新的嗎？）等等，用自動詞表示。

2番 MP3 02-04-02

M：友達がかぜをひいています。何と言いますか。

F：1. 早くよくなっていいね。

　　2. 早くよくなるといいね。

　　3. 早くよくなってほしいね。

M：朋友感冒了。這時會說什麼呢？

F：1. 趕快變好真好。

　　2. 能趕快好起來就太好了。

　　3. 希望你趕快好起來。

正解：2

重點解說

　　選項1「V（テ形）」用於表達理由時。選項2「V といいね」表達發話者希望的，聽話者能夠那樣就太好了，感冒的人是聽話者（對方）。選項3「V（テ形）+ ほしいね」也表達發話者希望的，但這裡的「ね」語氣是向聽話者取得同感，感冒的人不是聽話者（對方）而是第三者。

3番 🎧 MP3 02-04-03

F： 傘を持っていないお客様に傘を貸します。何と言いますか。

M： 1. よろしければ、この傘をお使いください。

2. こちらの傘をお使いいただけますか。

3. こちらの傘を使ってもよろしいでしょうか。

F： 借傘給沒帶傘的客人。這時會說什麼呢？

M： 1. 如果不介意的話，請用這把傘。

2. 可以的話，我能用這裡的傘嗎？

3. 我可以使用這裡的傘嗎？

正解：1

❗ 重點解說

　　選項1「お使いください」比「使ってください」為更禮貌的說法。選項2「お使いいただけますか」是「使ってください」的謙讓說法。選項3「使ってもよろしいでしょうか」比「使ってもいいですか」為更禮貌的說法。

4番 🎧 MP3 02-04-04

M： 教室が暑いのでエアコンをつけたいです。先生に何と言いますか。

F： 1. 先生、エアコンをおつけになりましたか。
2. 先生、エアコンをつけてもいいですか。
3. 先生、エアコンをおつけしましょうか。

M： 教室很熱所以想開空調。這時會向老師說什麼呢？

F： 1. 老師，是您開空調的嗎？

2. 老師，可以開空調嗎？

3. 老師，我來幫您開空調吧。

正解：2

❗ 重點解說

選項1是詢問空調是不是老師開的？選項2是向老師取得許可。選項3是提出幫老師開空調。

5番 02-04-05

F ： 服を着てみたいです。店員に何と言いますか。	F ： 想試穿衣服。這時會向店員說什麼呢？
M ： 1. この服、着てみてもいいですか。 2. この服、着てもらってもいいですか。 3. この服、着てみたらいいですよ。	M ： 1. 可以試穿這件衣服嗎？ 2. 可以請你穿這件衣服嗎？ 3. 可以試穿看看這件衣服喔。 <div align="right">正解：1</div>

🔍 重點解說

「服を着てみたい」是發話者表達想穿。選項1是向店員請求取可，穿的人是發話者。選項2「着てもらう」穿的人則是聽話者。選項3是向對方提出建議，而穿的人是聽話者。

6番 🎧 02-04-06

F ： バスツアーに参加したいです。何と言いますか。	F ： 想要參加巴士旅行。這時會說什麼呢？
M ： 1. バスツアーに申し込みたいんですが。 2. バスツアーに申し込んでもいいですか。 3. バスツアーにぜひ申し込んでください。	M ： 1. 我想申請巴士旅行。 2. 可以申請巴士旅行嗎？ 3. 請務必申請巴士旅行。 <div align="right">正解：1</div>

🔍 重點解說

選項2表達請求對方許可，而這題並非是向對方請求同意。

題型解析

問題1
解答 試題

問題2
解答 試題

問題3
解答 試題

問題4
解答 試題

問題5
解答 試題

7 番 🎧 MP3 02-04-07

F : 友達は気分が悪そうです。何と言いますか。

M : 1. ちょっと休んでもいいかな。

2. もう、くたくたで、歩けないよ。

3. 大丈夫？ちょっと休んだほうがいいよ。

F : 朋友看起來好像不大舒服的樣子。這時該說什麼呢？

M : 1. 我可以稍微休息一下嗎？

2. 真是的，累死了，走不動了。

3. 你還好嗎？稍微休息一下比較好喔。

正解：3

❗ 重點解說

選項2的「くたくた」是因為疲勞而變得沒力氣的樣子。

8 番 🎧 MP3 02-04-08

F : 友達のカレーのほうがおいしそうなので、食べたいです。何と言いますか。

M : 1. このカレー、おいしいよ。食べてみて。

2. そのカレー、ちょっと食べてもいい？

3. そのカレー思っていたよりおいしいね。

F : 朋友的咖哩看起來好像比較好吃的樣子，所以自己也想吃。這時該說什麼？

M : 1. 這個咖哩，很好吃喔。你也嚐嚐看吧。

2. 那個咖哩，我吃個一點可以嗎？

3. 那個咖哩比我想像的還好吃喔。

正解：2

もんだい
問題5

 考你什麼？

在「問題5」這個大題裡，跟問題4最大不同在於問題4選擇的是「發話」，問題5選擇的則是「回應」。

發話常出現請求委託、徵求許可、描述心情等狀況，也會有打招呼和道謝等慣用語，熟記用法有助於答題。全部的對話都只有一、兩句話且生活化，主要考你能否針對它的發話，立即作出適當的應答！

 要注意什麼？

✔ 本大題開始前會先播放例題，讓你先了解答題流程，注意例題不需作答。

✔ 對話很短，務必集中精神仔細聆聽。

✔ 本題型答題選項只有3個。問題用紙（試題本）上沒有文字、圖畫，請邊聽邊在問題用紙上做筆記。

1 發話很短，且只講一次

2 針對它的發話，聆聽選項思考適合回應的答案

3 從 3 個選項中選出最適宜的答案

れい

1 F ：なんだか、かぜをひいたみたいです。

2 M ：1. それはだめですね。
　　　　2. それはしょうがないですね。
　　　　3. それはいけませんね。

3 問題 5

れい	①	②	●
1	①	②	③
2	①	②	③
3	①	②	③
4	①	②	③
5	①	②	③
6	①	②	③
7	①	②	③
8	①	②	③
9	①	②	③

⏰ **注意**

✔ 問題 5 題型共 9 題，本練習共 18 題。

✔ 每題僅播放一次。

✔ 每題播放結束後，約 8 秒為作答時間。

✔ 問題用紙（試題本）上沒有任何圖畫或文字，必須仔細聆聽 MP3。

✔ 可在問題用紙上做筆記。

もんだい
問題5 🎧 MP3 02-05-00

　問題5では、問題用紙に何もいんさつされていません。まず文を聞いてください。それから、そのへんじを聞いて、1から3の中から、最もよいものを一つえらんでください。

1 ばん 🎧 MP3 02-05-01

2 ばん 🎧 MP3 02-05-02

3 ばん 🎧 MP3 02-05-03

4 ばん 🎧 MP3 02-05-04

5 ばん 🎧 02-05-05

6 ばん 🎧 02-05-06

7 ばん 🎧 02-05-07

8 ばん 🎧 02-05-08

9 ばん 🎧 02-05-09

10 ばん MP3 02-05-10

11 ばん MP3 02-05-11

12 ばん MP3 02-05-12

13 ばん MP3 02-05-13

14 ばん MP3 02-05-14

15 ばん 🎧 02-05-15

16 ばん 🎧 02-05-16

17 ばん 🎧 02-05-17

18 ばん 🎧 02-05-18

問題5　スクリプト詳解

（解答）

1	2	3	4	5	6	7	8	9	10
3	3	2	1	3	1	1	1	1	2

11	12	13	14	15	16	17	18		
1	3	1	2	1	1	3	1		

（M：男性　F：女性）

1番 🎧 MP3 02-05-01

M： この映画、見なきゃ損だよ。

F： 1. そう。見ないほうがましってことね。

　　2. なんだ。前評判はよかったのにね。

　　3. そう。私も見ようと思ってたんだ。

M： 這部電影，不看的話就虧大了。

F： 1. 是嗎？不看的話比較好嗎？

　　2. 什麼嘛，明明之前的評價那麼好。

　　3. 是嗎？我也想去看。

正解：3

🔍 重點解說

「見なきゃ損だよ」（不看的話就虧大了）和「見なければ損をするよ」（不看的話就損失了）、「見たほうが絶対いいよ」（看過的話絕對比較好）意思相同。選項2的「前評判はよかったのに」（明明之前的評價那麼好）的「のに」（卻）和「しかし」（但是）意思相近。

2番 🎧 MP3 02-05-02

F： のどカラカラ。

M： 1. じゃ、薬飲む？
　　2. きのう歌いすぎたの？
　　3. 水でいい？

F： 喉嚨好乾。

M： 1. 那要吃藥嗎？
　　2. 昨天唱太多歌了嗎？
　　3. 喝水可以嗎？

正解：3

重點解說

「のどカラカラ」（喉嚨好乾）表示喉嚨乾渴的狀態。順帶一提，形容空腹時的狀態會說「おなかペコペコ」（肚子餓了）。

3番 MP3 02-05-03

F： 小野さん、まじめはまじめなんだけどね。	F： 小野小姐，要說認真是很認真啦……
M： 1. ほんとうにまじめでいい新入社員ですよね。	M： 1. 真的是認真又優秀的新進職員對吧。
2. もうちょっと積極的だといいんですけどね。	2. 再積極一點的話會更好吧。
3. もう少しまじめにやってくれないとね。	3. 應該要再認真一點吧。
	正解：2

重點解說

「まじめはまじめなんだけど」（要說認真是很認真啦～），是「有很認真的部分，不過……」的意思，後面會接上不好的評論。

4番 MP3 02-05-04

F： 手伝おうか。	F： 我來幫忙吧。
M： 1. 悪いね。	M： 1. 不好意思。
2. 僕も手伝うよ。	2. 我也來幫忙吧！
3. 手伝ってくれてありがとう。	3. 謝謝你的幫忙。
	正解：1

重點解說

「手伝おうか」（我來幫忙吧）是「手伝いましょうか」的比較口語的說法。「悪いね」（不好意思）同時兼有「すみません」（不好意思）、「ありがとう」（謝謝）等意思在內。

5番 MP3 02-05-05

F ： ハクション！
M ： 1. おもしろいね。
2. 喉が痛い？
3. まさか、かぜ？

F ： 哈啾！
M ： 1. 真有趣啊。
2. 你喉嚨痛嗎？
3. 該不會是感冒了嗎？

正解：3

🔍 **重點解說**

「ハクション」（哈啾）是打噴嚏時發出的聲音。

6番 MP3 02-05-06

M ： お口に合うといいんですが。
F ： 1. いただきます。
2. 拝見します。
3. 召し上がります。

M ： 希望合你的胃口。
F ： 1. 我開動了。
2. 我來拜讀了。
3. 我要吃。（錯誤用法）

正解：1

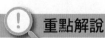 **重點解說**

「いただきます」（我開動了）是從別人那裡得到東西、吃東西時使用。選項2「拝見します」（我來拜讀了）也是謙讓語，不過是用於對方讓自己看某事物的時候使用，所以在這裡並不適用。「召し上がります」（請吃、請喝）是「食べます」（吃）、「飲みます」（喝）的尊敬語，不可用來形容自己的動作。

7番 MP3 02-05-07

F ： かぜ、ひいたらしいね。
M ： 1. そうなんだよ。きのうクーラーつけたまま寝たからかな。
2. そうなんだ。じゃ、きょうはゆっくり休んだら？
3. それじゃ、薬を買ってきてあげようか。

F ： 聽說你好像感冒了呢。
M ： 1. 就是啊。大概是因為昨天開著冷氣睡覺吧。
2. 是這樣啊。那麼今天要不要好好休息？
3. 那麼，要不要我去幫你買藥？

正解：1

題型解析

問題 1

解答 試題

問題 2

解答 試題

問題 3

解答 試題

問題 4

解答 試題

問題 5

解答 試題

重點解說

「かぜ、ひいたらしいね」（聽說你好像感冒了呢）意思是「我聽到了你感冒的消息」，所以在這一題感冒的人是男性。

8番 MP3 02-05-08

M： ちょっとコンビニでお金下ろしてくる。	M： 我去便利商店領一下錢。
F： 1. うん、じゃ、待ってるよ。	F： 1. 好，我等你喔！
2. うん、じゃ、待ってよ。	2. 好，那等等我！
3. うん、じゃ、待ってろよ。	3. 好，那你給我等等！
	正解：1

重點解說

「お金を下ろす」（領錢）和「お金を引き出す」、「お金を出す」意思相同。「下ろしてくる」這題是表示去領錢之後會回到這裡，請等一等的意思。

9番 MP3 02-05-09

F： 会員証持ってくるの忘れたんですけど。	F： 我忘記帶會員證了。
M： 1. 会員番号は覚えていらっしゃいますか。	M： 1. 您記得會員編號嗎？
2. 会員番号を覚えてくださいませんか。	2. 您要不要把會員編號背下來？
3. 会員番号を覚えてもよろしいですか。	3. 我可以把會員編號背下來嗎？
	正解：1

重點解說

這裡不使用「覚えますか」，因為「覚えますか」是「要記起來嗎？」「要背嗎？」的意思，比如學生問老師「這些單字要背嗎？」就可以用「覚えますか」。而「覚えていますか」則是問是否「記得」。「覚えていらっしゃいますか」是「覚えていますか」的尊敬說法。

10 番 🎧 MP3 02-05-10

M： この小説、父が書いたんです。

F： 1. 器用ですね。

　 2. すばらしいですね。

　 3. よかったですね。

M： 這本小說，是我父親寫的。

F： 1. 真是靈巧呢。

　 2. 真了不起呢。

　 3. 真是太好了呢。　**正解：2**

🔍 重點解說

　　選項1「器用ですね」（真是靈巧呢）是稱讚對方擅長做細密的工作時使用，例如「手先が器用」（手很巧）；選項3「よかったですね」（真是太好了呢）則是在出現好的結果時使用，例如「合格してよかったね」（考上了真是太好了呢）。

11 番 🎧 MP3 02-05-11

M： すみません。写真を撮ってもいいですか。

F： 1. ここは写真を撮ってはいけないんですよ。

　 2. ええ、いいですよ。はい、チーズ。

　 3. ええ、シャッターはここですか？

F： 不好意思，請問可以拍照嗎？

M： 1. 這裡不可以拍照喔！

　 2. 好，可以喔！好，笑一個！

　 3. 好，快門是在這裡嗎？

正解：1

🔍 重點解說

　　選項2的「はい、チーズ」（好，笑一個！）是幫人拍照時會說的話。選項3的「シャッターはここですか」（快門是在這裡嗎？）是被拜託幫忙拍照、確認快門的位置時的說法。

12 番 🎧 MP3 02-05-12

F： お宅はどちらですか。

M： 1. 日本にしばらく住んでいたことがあるんですよ。

　 2. コンピューター関連の会社です。

　 3. 東京です。

F： 您府上在哪裡呢？

M： 1. 曾經在日本短暫住過呢。

　 2. 電腦相關的公司。

　 3. 在東京。　**正解：3**

13 番 MP3 02-05-13

M： ああ、きょうも残業だ。この一週間ずっとだよ。	M： 啊啊～今天也要加班了！我這禮拜一直都要加班！
F： 1. 何か手伝うことない？ 2. お大事に。 3. 珍しいね。	F： 1. 有什麼是我可以幫忙的嗎？ 2. 請多保重。 3. 真難得。

正解：1

 重點解說

選項2「お大事に」（請多保重）是對方生病或受傷時的問候方式。選項3「珍しいね」（真難得）是在發生了不常發生的事情時使用，例如「遅刻したことがない彼がまだ来てないなんて珍しいね」（不曾遲到的他竟然還沒來，真難得）。

14 番 MP3 02-05-14

F： 松下さんの会社ってどのあたりですか。	F： 松下先生的公司在哪兒附近呢？
M： 1. 食品関係です。 2. 東京駅の近くです。 3. まだできたばかりの会社なんです。	M： 1. 食品相關的。 2. 東京車站附近。 3. 還是個剛起步的公司呢。

正解：2

 重點解說

「どのあたり」即是「どの辺」（哪一個地帶），詢問場所地點。

15 番 MP3 02-05-15

M： 私は3人兄弟の末っ子です。	M： 我是三個兄弟姊妹中的老么。
F： 1. 一番下なんですか。 2. お兄さんと弟さんがいるんですか。 3. だから、しっかりしているんですね。さすが長男。	F： 1. 是排行最下面的嗎？ 2. 有哥哥和弟弟嗎？ 3. 所以很可靠呢，不愧是長男。

正解：1

16番 (MP3) 02-05-16

F： どうしたんですか？なんだか元気がありませんね。	F： 怎麼了呢？總覺得沒精神耶。
M： 1. いいえ、何でもありません。	M： 1. 沒有，沒什麼。
2. いいえ、何もありません。	2. 沒有，什麼都沒有。
3. いいえ、どうしたんでしょうね。	3. 沒有，發生了什麼事呢？

正解：1

! 重點解說

選項 3 是對第三者的事表達疑問。

17番 (MP3) 02-05-17

F： 山本さん、うれしそうでしょう。大学に合格したそうですよ。	F： 山本同學看起來很開心吧。聽說他考上大學了呢。
M： 1. ああ、それから。	M： 1. 喔，然後。
2. ああ、それに。	2. 喔，還有。
3. ああ、それで。	3. 喔，原來如此。

正解：3

18番 (MP3) 02-05-18

F： もしよかったら、これからランチでもいかがですか。	F： 方便的話，要不要去吃個午餐呢？
M： 1. ええ、よろこんで。	M： 1. 好的，我很樂意。
2. せっかく楽しみにしてたのにね。	2. 虧我那麼期待……
3. ご都合はいかがですか。	3. 您時間方便嗎？

正解：1

! 重點解說

　女性說的「いかがですか」（怎麼樣呢？）是邀約時的說法，可知選項 1 是正確答案。選項 2 是期待的事情落空了，感到可惜的說法。選項 3 是邀約別人時的說法。

模擬試題
（附模擬試卷1回）

本單元為完整「3回模擬試題」+「1回模擬試卷」。

在經過前面各題型練習後，本單元訓練重點就是要你掌握時間，調整答題節奏！不緊張！

N3聽解考試1回總時間為40分鐘，考試節奏緊湊，思考時間有限，與自己在家裡練習不同。每回模擬試題請以認真的態度進行，中途不要停止，一股作氣將整回做完。「1回模擬試卷」是完全仿照日檢問題用紙設計，當做完前3回的模擬試題後，這回就要讓自己完全進入考試狀態，來測試看看你是否能完全掌握？！

Part 3

もんだい
問題1 MP3 03-01-00

問題1では、まず質問を聞いてください。それから話を聞いて、問題用紙の1から4の中から、最もよいものを一つえらんでください。

れい

1 ぞうきん

2 ほうき

3 掃除機

4 ちりとり

1ばん 🔊 MP3 03-01-01

1 申込書を書く

2 レベルテストを受ける

3 クラスを選ぶ

4 授業料を払う

2ばん 🔊 MP3 03-01-02

ア	
イ	
ウ	
エ	
オ	
カ	

1 ア ウ エ

2 イ エ カ

3 ウ エ オ

4 エ オ カ

3 ばん 🎵 MP3 03-01-03

1　材料の分量を量る
　　ざいりょう ぶんりょう はか

2　クッキーを焼く
　　　　　　や

3　クッキーハウスを組み立てる
　　　　　　　　　　く た

4　クッキーハウスに飾り付けをする
　　　　　　　　　　かざ つ

4 ばん 🎵 MP3 03-01-04

1　朝食を食べる
　　ちょうしょく た

2　朝食を用意する
　　ちょうしょく ようい

3　出勤する
　　しゅっきん

4　犬の散歩をする
　　いぬ さんぽ

5 ばん 🎧 MP3 03-01-05

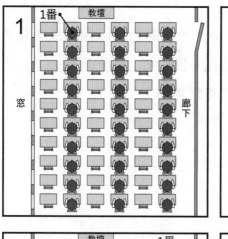
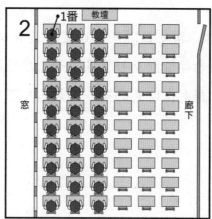
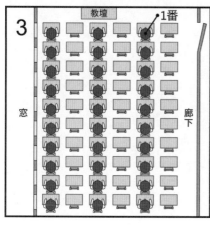
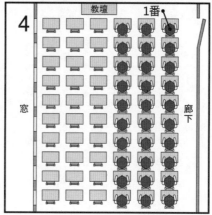

6 ばん 🎧 MP3 03-01-06

1 同じ色だが違うデザインのを持ってくる

2 色もデザインも違うのを持ってくる

3 色もデザインも同じで、大きいサイズのを持ってくる

4 同じデザインだが、違う色で大きいサイズのを持ってくる

問題 2 　🎧 MP3 03-01-07

問題2では、まず質問を聞いてください。そのあと、問題用紙を見てください。読む時間があります。それから話を聞いて、問題用紙の1から4の中から、最もよいものを一つえらんでください。

れい

1　ポケットティッシュ

2　お菓子

3　化粧品

4　ペン

1 ばん 🎵 MP3 03-01-08

1　忘れ物を取りに帰っていたから

2　約束の時間を間違えていたから

3　会社を出る時間が遅かったから

4　バスが事故で遅れたから

2 ばん 🎵 MP3 03-01-09

1　お客さんが来たから

2　テレビを見ていたから

3　部屋で勉強していたから

4　電話で話していたから

3 ばん MP3 03-01-10

1 パンフレットを運ぶ

2 アルバイトの人に説明する

3 会場の準備をする

4 会場へアルバイトの人を案内する

4 ばん MP3 03-01-11

1 お父さんがサッカー選手だったから

2 本川選手がやりたいと言ったから

3 いい先輩に出会ったから

4 お父さんの夢をかなえてあげたかったから

5 ばん 🎧 MP3 03-01-12

1 テーマをよく考えること

2 わかりやすい説明を考えること

3 どんな声が聞き取りやすいか考えること

4 図や表や写真の効果的な使い方を考えること

6 ばん 🎧 MP3 03-01-13

1 クーラーをつけたまま寝たから

2 雨に降られたから

3 友だちがかぜをひいていたから

4 最近よく勉強していたから

もんだい
問題3　(MP3) 03-01-14~17

　問題3では、問題用紙に何もいんさつされていません。この問題は、ぜんたいとしてどんなないようかを聞く問題です。話の前に質問はありません。まず話を聞いてください。それから、質問とせんたくしを聞いて、1から4の中から、最もよいものを一つえらんでください。

―メモ―

もんだい
問題4 🎧 MP3 03-01-18

問題４では、えを見ながら質問を聞いてください。やじるし（➡）の人は何と言いますか。１から３の中から、最もよいものを一つえらんでください。

れい

1 ばん　MP3 03-01-19

2 ばん　MP3 03-01-20

3 ばん 🎧 MP3 03-01-21

4 ばん 🎧 MP3 03-01-22

問題5

MP3 03-01-23~32

　問題5では、問題用紙に何もいんさつされていません。まず文を聞いてください。それから、そのへんじを聞いて、1から3の中から、最もよいものを一つえらんでください。

－メモ－

もんだい
問題 1 MP3 03-02-00

問題1では、まず質問を聞いてください。それから話を聞いて、問題用紙の1から4の中から、最もよいものを一つえらんでください。

れい

1 ぞうきん

2 ほうき

3 掃除機

4 ちりとり

1ばん MP3 03-02-01

1 学生課で説明会に申し込む

2 学生課で申込用紙をもらう

3 銀行の通帳を作る

4 成績証明書を送ってもらう

2ばん MP3 03-02-02

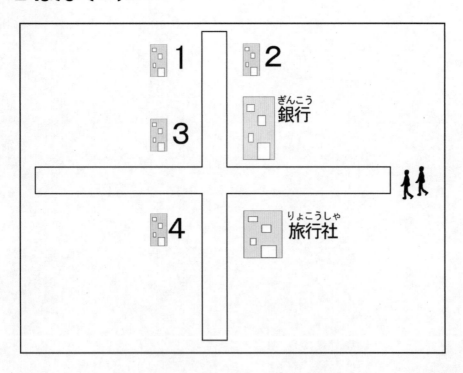

3 ばん 🎧 03-02-03

1 資料を工場に送る

2 靴を荷物に入れる

3 お土産を買う

4 ビデオを荷物に入れる

4 ばん 🎧 03-02-04

1 お菓子を 4 つ買う

2 お菓子を 8 つ買う

3 お菓子を 4 つ買って 4 つ送ってもらう

4 お菓子を 8 つ送ってもらう

5 ばん MP3 03-02-05

1 ホッチキス

2 セロテープ

3 のり

4 カッター

6 ばん MP3 03-02-06

1 昼食を作る

2 洗濯をする

3 皿を洗う

4 掃除をする

問題2

MP3 03-02-07

問題2では、まず質問を聞いてください。そのあと、問題用紙を見てください。読む時間があります。それから話を聞いて、問題用紙の1から4の中から、最もよいものを一つえらんでください。

れい

1　ポケットティッシュ

2　お菓子

3　化粧品

4　ペン

1 ばん MP3 03-02-08

1 女の人が日中、家にいないから

2 大きい犬が小さい犬をいじめるから

3 小さい犬がよく吠えるから

4 小さい犬が餌を食べないから

2 ばん MP3 03-02-09

1 電車が止まったから

2 家を出るのが遅かったから

3 道案内をしていたから

4 道がわからなかったから

3ばん 🎧 MP3 03-02-10

1 好きな仕事だから

2 同僚や上司から仕事が学べるから

3 会社まで近いから

4 給料が高いから

4ばん 🎧 MP3 03-02-11

1 アニメが好きだから

2 お姉さんが勉強していたから

3 ボランティアをしているから

4 日本へ旅行に行きたいから

5ばん 🎧MP3 03-02-12

1 作品の裏に応募用紙を貼ること

2 1月31日までに着くように送ること

3 作品を1点ずつ送ること

4 コンピューターで作品をかかないこと

6ばん 🎧MP3 03-02-13

1 家賃が上がったから

2 客が減ったから

3 おいしくなくなったから

4 働く人が見つからないから

もんだい
問題3 🎧MP3 03-02-14~17

　問題3では、問題用紙に何もいんさつされていません。この問題は、ぜんたいとしてどんなないようかを聞く問題です。話の前に質問はありません。まず話を聞いてください。それから、質問とせんたくしを聞いて、1から4の中から、最もよいものを一つえらんでください。

―メモ―

<ruby>問題<rt>もんだい</rt></ruby> **問題4** 🎵 MP3 03-02-18

<ruby>問題<rt>もんだい</rt></ruby>4では、えを<ruby>見<rt>み</rt></ruby>ながら<ruby>質問<rt>しつもん</rt></ruby>を<ruby>聞<rt>き</rt></ruby>いてください。やじるし（➡）の<ruby>人<rt>ひと</rt></ruby>は<ruby>何<rt>なん</rt></ruby>と<ruby>言<rt>い</rt></ruby>いますか。1から3の<ruby>中<rt>なか</rt></ruby>から、<ruby>最<rt>もっと</rt></ruby>もよいものを<ruby>一<rt>ひと</rt></ruby>つえらんでください。

れい

1 ばん MP3 03-02-19

2 ばん MP3 03-02-20

3 ばん 🎧 MP3 03-02-21

4 ばん 🎧 MP3 03-02-22

問題5

もんだい

MP3 03-02-23~32

　問題5では、問題用紙に何もいんさつされていません。まず文を聞いてください。それから、そのへんじを聞いて、1から3の中から、最もよいものを一つえらんでください。

ー メモ ー

もんだい
問題1 🎵MP3 03-03-00

　問題1では、まず質問を聞いてください。それから話を聞いて、問題用紙の1から4の中から、最もよいものを一つえらんでください。

れい

1　ぞうきん

2　ほうき

3　掃除機

4　ちりとり

1 ばん 🎧 MP3 03-03-01

ア	
イ	
ウ	
エ	
オ	
カ	

1　ア　イ　オ

2　ア　オ　カ

3　イ　ウ　エ

4　ウ　エ　オ

2 ばん 🎧 MP3 03-03-02

1　野菜、肉、ご飯、牛乳の順番で食べる

2　肉、野菜、牛乳、ご飯の順番で食べる

3　牛乳、野菜、肉、ご飯の順番で食べる

4　牛乳、肉、野菜、ご飯の順番で食べる

3ばん 🎧 MP3 03-03-03

1 作業用の服を着る

2 仕事を教えてもらう

3 ロッカーのカギをもらう

4 手を洗う

4ばん 🎧 MP3 03-03-04

1 図書カードとお金

2 図書カードと鉛筆

3 時計と鉛筆

4 お金と鉛筆

5ばん 🎧 03-03-05

ア	
イ	
ウ	
エ	
オ	

1 ア イ ウ

2 イ ウ エ

3 ウ エ オ

4 ア イ オ

6ばん 🎧 03-03-06

1 日本語の学校で勉強する

2 料理を習う

3 留学する学校を見に行く

4 先輩に話しを聞きに行く

問題 2 🎧 MP3 03-03-07

　問題2では、まず質問を聞いてください。そのあと、問題用紙を見てください。読む時間があります。それから話を聞いて、問題用紙の1から4の中から、最もよいものを一つえらんでください。

れい

1　ポケットティッシュ

2　お菓子

3　化粧品

4　ペン

1 ばん MP3 03-03-08

1 4月のはじめごろ

2 4月の 10 日ごろ

3 4月の中ごろ

4 4月の 20 日ごろ

2 ばん MP3 03-03-09

1 学費が安いから

2 いろいろな人と知り合えるから

3 いい教師がそろっているから

4 楽器がもらえるから

3 ばん　MP3 03-03-10

1 上司が好きではないから

2 趣味のほうが大切だから

3 仕事が忙しいから

4 かっこ悪いから

4 ばん　MP3 03-03-11

1 記録として残したいから

2 コンテストに出したいから

3 写真を撮るのが仕事だから

4 技術を向上させたいから

5ばん 🎧MP3 03-03-12

1 雨は降らないが強い風が吹く

2 風は強くないが強い雨が降る

3 雨も風も強くない

4 雨も風も強くなる

6ばん 🎧MP3 03-03-13

1 生活するのにお金が必要だから

2 誰かの役に立ちたいから

3 自分を成長させるため

4 家族や子供が大切だから

もんだい
問題3 MP3 03-03-14~17

　問題3では、問題用紙に何もいんさつされていません。この問題は、ぜんたいとしてどんなないようかを聞く問題です。話の前に質問はありません。まず話を聞いてください。それから、質問とせんたくしを聞いて、1から4の中から、最もよいものを一つえらんでください。

—メモ—

問題 4 　MP3 03-03-18

問題4では、えを見ながら質問を聞いてください。やじるし（➡）の人は何と言いますか。1から3の中から、最もよいものを一つえらんでください。

れい

1 ばん　MP3 03-03-19

2 ばん　MP3 03-03-20

3 ばん
MP3 03-03-21

4 ばん
MP3 03-03-22

　問題 5 では、問題用紙に何もいんさつされていません。まず文を聞いてください。それから、そのへんじを聞いて、1 から 3 の中から、最もよいものを一つえらんでください。

－メモ－

模擬試題第1回　スクリプト詳解

問題1	1	2	3	4	5	6			
	3	**3**	**4**	**4**	**3**	**1**			
問題2	1	2	3	4	5	6			
	3	**1**	**4**	**2**	**1**	**4**			
問題3	1	2	3						
	3	**1**	**2**						
問題4	1	2	3	4					
	3	**1**	**2**	**1**					
問題5	1	2	3	4	5	6	7	8	9
	2	**3**	**1**	**1**	**2**	**3**	**3**	**2**	**1**

（M：男性　F：女性）

問題1

1番 （MP3）03-01-01

語学学校の受付の人と男の人が話しています。男の人はこのあと何をしますか。

F：レッスンご希望の方ですね。まず、こちらの申込書に連絡先をお書きください。その後、15分のレベルテストを受けてもらいまして、結果が出たら、クラスを選んでいただきます。最後に授業料のお支払いをお願いします。

M：あのう、去年ここで勉強していたんですが。田島悠一と言います。

語言學校裡的櫃台人員正在和男人談話。男人在談話後要做什麼？

F：您是想來參加課程吧。首先，請在這份申請書上寫上您的聯絡方式。之後，請參加15分鐘的分級測驗，結果出來後，請選出您的班級。最後，再麻煩您支付學費。

M：不好意思。我去年在這裡上過課，我叫做田島悠一。

F ： 田島様、ご住所やお電話番号など変わっていま
　　せんでしょうか。

M ： ええ、同じです。

F ： 1) では申込書の記入は結構です。それから、半
　　年以上レッスンを受けていない方にはレベルテ
　　ストをお願いしているのですが……、2) あと 1
　　か月で半年ですね。

M ： じゃあ。

男の人はこのあと何をしますか。

1. 申込書を書く
2. レベルテストを受ける
3. クラスを選ぶ
4. 授業料を払う

F ： 田島先生，您的地址和電話
　　號碼應該沒變吧？

M ： 是啊，一樣喔。

F ： 那麼這樣不用填寫申請書
　　了。還有，超過半年沒上過
　　課的人要麻煩再參加一次分
　　級測驗，您還有一個月才達
　　半年。

M ： 那麻煩您囉。

男人在談話後要做什麼？

1. 填寫申請書
2. 參加分級測驗
3. 選擇班級
4. 支付學費

正解：3

! 重點解說

1) 「～は結構です」表達了不必要的意思。可解為「～は V なくてもいい」（不做～也行）
的意思。

2) 「あと 1 か月で半年」（還有一個月才滿半年）也就是說現在只有 5 個月的意思。

2番  03-01-02

会社で女の人と男の人が話しています。女の人はこれ
から何を準備しますか。

F ： 花見の幹事を頼まれちゃったんですけど、何を
　　準備すればいいですか。

M ： 1) 食事やお茶とかお酒に関してはもう店に頼ん
　　であるから、持ってくことないよ。

F ： じゃ、2) お皿とかお箸なんかも持ってかなくて
　　いいんですよね。

公司裡女人和男人正在說話。女
人在談話後要準備什麼？

F ： 我被大家拜託擔任這次賞花
　　活動的幹事，該準備些什麼
　　呢？

M ： 關於吃的東西及茶水酒類已
　　經委託給店家準備了，用不
　　著帶去喔。

F ： 這樣的話，像是盤子或筷子
　　之類的也不用帶去對吧？

M ： いや、それじゃ足りない場合もあるから、人数分より多めにあったほうが安心だよ。

F ： わかりました。じゃ、用意しときます。それから、まだまだ寒いですけど、毛布とかはいらないでしょうか。

M ： 3) できればあったほうがいいんじゃない？寒い日もあるからね。あと……、後片付けのことは考えてる？

F ： 4) ゴミ袋は準備してあります。あと、タオルがあれば便利なんじゃないかって聞いたんですけど。

M ： じゃ、5) それも持ってけばいいんじゃない？

女の人はこれから何を準備しますか。

ア	
イ	
ウ	
エ	
オ	
カ	

1. ア ウ エ
2. イ エ カ
3. ウ エ オ
4. エ オ カ

M ： 也不是，因為有時也會有不夠用的情形發生，份量上帶比參加人數還多些會比較安心。

F ： 我知道了。那麼，我會先準備好。還有，雖然天氣仍然還有點冷，但毛毯應該不需要吧？

M ： 可以的話還是準備著比較好吧，因為接下來還是有可能出現很冷的日子。還有……妳有考慮到結束後整理的事吧？

F ： 我已經有準備垃圾袋了。還有，我有聽人家說備有毛巾的話會比較方便。

M ： 那好，那個也帶去會比較好吧。

女人在談話後要準備什麼？

ウ	エ	オ

正解：3

重點解說

■縮約形「Ｖて（い）く」（て後面的い可以省略）

1)「持って（い）くことない」（沒必要帶去）

2)「持って（い）かなくていい」（不帶去也行）

5)「持って（い）けば」（帶去的話）

1)「Ｖことない」表示不必要做～

3)「あったほうがいい」表示向對方提議，因為理由的敘述會在後句出現，是種較強烈的建議，可知道含有必要的意思。

3) 及5) 的「～んじゃない？」若理解成「～と思う」（說話者如此思考）較易懂。

4) 的「準備してあります」是「準備できている」（已準備完成）的意思。

3番 MP3 03-01-03

先生と女の人が話しています。女の人はこれから何をしますか。

M： 来月のクリスマス用にクッキーハウスを作りましょう。まず、クッキーの材料ですが、小麦粉、バター、卵、砂糖です。こちらのチョコレートやマシュマロは飾り用です。クッキーは以前やったことがあるので、きょうは省略しますが、家で作るときは、このレシピどおりの分量を準備してくださいね。きょうは皆さんのテーブルに置いてあるクッキーを使いましょうね。ああ、それから、1) 組み立てより飾りつけを先にやったほうが簡単にできますよ。では、今からやってみましょう。

F： はい。

老師與女人正在談話。女人在談話後要做什麼？

M： 我們來做下個月聖誕節要用的薑餅屋吧。首先，餅乾的材料有麵粉、奶油、蛋、砂糖。這裡的巧克力及棉花糖則是作為裝飾用。餅乾以前我們就有做過了，所以今天省略這部分，各位在家自己做時，請依據食譜所載的分量去準備。今天我們則來使用放置在各位桌上的餅乾吧！啊，然後，組裝薑餅屋前先做裝飾的部分會較容易完成喔。那麼，現在開始試著做做看吧。

F： 好。

女の人はこれから何をしますか。

1. 材料の分量を量る
2. クッキーを焼く
3. クッキーハウスを組み立てる
4. クッキーハウスに飾り付けをする

女人在談話後要做什麼？

1. 測量材料的份量
2. 烤餅乾
3. 組裝薑餅屋
4. 裝飾薑餅屋

正解：4

重點解說

1)「組み立てより飾りつけを先にやったほうが簡単」用的是「AよりBのほうが簡単」的文型。這個文型的重點在於「Bのほうが」（B這一邊），所以可知要先進行裝飾。「Aより」說明A是被比較的對象，所以並不重要。

4番 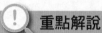 MP3 03-01-04

家で男の人と女の人が話しています。女の人はこれから何をしますか。

M：おはよう。あれ、まだ6時？散歩きょうは早かったんだね。

F：それがさっき雨がけっこう強く降ってたから、まだなの。朝ごはんは私 1) 食べちゃったから、勝手に食べて。テーブルに並べてあるから。

M：うん。あれ？ちょっと雨が弱くなったみたいだよ。

F：本当だ。今のうちに、2) ちょっと連れていってくるわ。

M：うん、気をつけて。早目に帰ってこないと会社に遅刻しちゃうぞ。

F：わかってる。じゃ、行ってきます。

男人與女人正在家裡談話。女人在談話後要做什麼？

M：早啊。咦，才6點而已嗎？妳今天好早就出去散步喔。

F：那是因為剛才雨下得超大的，而且還沒停耶。早餐我已經先吃了，你待會兒自己吃吧，我都放在桌上了。

M：嗯。咦？雨好像變小了些喔！

F：真的耶。趁現在，我帶牠去散步囉。

M：好的，小心喔。不早點回來的話上班會遲到喔。

F：我知道。那麼，我出去囉。

女の人はこれから何をしますか。
1. 朝食を食べる
2. 朝食を用意する
3. 出勤する
4. 犬の散歩をする

女人在談話後要做什麼？
1. 吃早餐
2. 準備早餐
3. 去上班
4. 帶狗散步

正解：4

 重點解說

1) 「食べちゃった」（已吃過了）是「食べてしまった」的縮約型。

2) 「連れていく」（帶著～去）是帶著人或動物去的意思，所以可知道指的是帶狗散步。如果是帶著無生命物要用「持っていく」。

5番 MP3 03-01-05

先生が話しています。学生はこの後どう座らなければなりませんか。

F ： みなさん、試験を始めますので、私が言う通りに座ってください。きょうは出席簿順に座ってください。一番廊下に近い列は空けて、その次の列の席から座ってください。出席番号1番の人は相原さんですね。ここに座ってください。相原さんの後ろが2番の飯田君というようにね。1列10人座ったら、次の列は座らないで。全部空けておいて。そうそう、相原さんの席の隣の隣に11番の坂井さんね。最後の列は1番窓側の席になりますね。では、自分の席へ移動してください。

老師正在說話。學生在老師說完後該如何入座呢？

F ： 各位，我們即將開始考試，請按照我所說的方式入座。今天請依照點名簿上的順序入座。最接近走廊的那列請空出來，然後從隔壁那列開始坐。點名簿上的1號是相原，請坐在這裡。相原的後面是2號的飯田，就依這樣的順序入座。一列坐滿10人後，隔壁那列就別再坐了，整列都空下來。對對，所以相原隔壁的隔壁坐的是11號的坂井。最後一列是坐在最靠窗的位子。那麼，請往自己該坐的位子移動。

学生はこの後どう座らなければなりませんか。

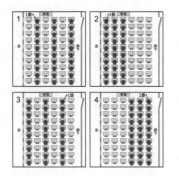

1. 窓側1列空けて座る、次の列は座らない、その次の列は座る
2. 窓側から列を空けないで座る
3. 廊下側から1列空けて座る、次の列は座らない、その次の列は座る
4. 廊下側から列を空けないで座る

學生在老師說完後該如何入座呢?

1. 靠窗那側空出1列後坐下來。然後隔壁再空出1列不要坐,往再下一列坐。
2. 從靠窗那列開始坐,不需空出一列。
3. 靠走廊那側空出1列後坐下來。然後隔壁再空出1列不要坐,往再下一列坐。
4. 從靠走廊那列開始坐,不需空出一列。

正解:3

6番 🎧 MP3 03-01-06

店で店員と男の人が話しています。店員はこれから何をしますか。

M : あのう、すみません。きのうここで買ったんですが、サイズが合わなくて。

F : そうですか。レシートはお持ちですか。

M : これです。Mサイズで大丈夫だと思ったんだけどなあ。家で着てみたら、ぴったりしすぎてて、太って見えちゃって。

在店裡店員和男人正在談話。店員在談話後要做什麼?

M : 那個,抱歉請問一下。我昨天在這裡買的,結果尺寸不合耶。

F : 這樣啊。您帶結帳明細單來了嗎?

M : 在這裡。我原以為穿M號就可以了。回家穿了後結果發現太合身,以致於自己看起來有點胖。

159

F ： そうですか。1) デザインの関係かもしれませんね。ほかのをお持ちしましょうか。2) きょう入ってきたばかりなんですよ。

M ： そうですか。3) 色はそれがいいと思って買ったので、同じのがあるなら見せてもらえませんか。

F ： はい、ございます。すぐお持ちしますね。

M ： お願いします。

店員はこれから何をしますか。

1. 同じ色だが違うデザインのを持ってくる
2. 色もデザインも違うのを持ってくる
3. 色もデザインも同じで、大きいサイズのを持ってくる
4. 同じデザインだが、違う色で大きいサイズのを持ってくる

F ： 這樣啊。可能是設計的關係吧，我去拿其他的來讓您看吧，今天剛進貨喔。

M ： 是喔。我喜歡手上這件的顏色才買的，所以要是有跟這件一樣顏色的可以拿給我看嗎？

F ： 好的，有的。我馬上拿來。

M ： 麻煩妳囉。

店員在談話後要做什麼？

1. 拿相同顏色但不同設計的來
2. 拿不同顏色不同設計的來
3. 拿相同顏色相同設計，但尺寸大一些的來
4. 拿相同設計，但不同顏色而且尺寸大一些的來

正解：1

重點解說

1) デザインの関係かもしれませんね。ほかのをお持ちしましょうか。（可能是設計的關係吧，我去拿其他的來讓您看吧。）從這段敘述可以知道店員是去拿其他設計的商品來。

2) きょう入ってきたばかりなんですよ。（今天剛進貨。）從這段敘述也可知道店員去拿的與昨天買的是不同的設計。

3) 色はそれがいいと思って買ったので、同じのがあるなら見せてもらえませんか。（我喜歡手上這件的顏色才買的，所以要是有跟這件一樣顏色的可以拿給我看嗎？）從這段敘述可知顏色要跟原來一樣的。

問題2

1番　MP3 03-01-08

駅前で男の人と女の人が話しています。女の人はどうして約束の時間に来られなかったのですか。

F：ごめん、ごめん、遅れちゃって。

M：どうしたんだよ。携帯にかけても出ないし。事故か何かあったのかと思って心配したよ。

F：携帯に？ごめん、気がつかなかった。ずっと走ってきたから。今、何時？

M：7時10分だよ。40分の遅刻。で、どうしたの？

F：会社を出ようと思ったら、課長に仕事を頼まれちゃってね。断れなくて。

M：今度から、連絡するの忘れないでくれよ。

女の人はどうして約束の時間に来られなかったのですか。

1. 忘れ物を取りに帰っていたから
2. 約束の時間を間違えていたから
3. 会社を出る時間が遅かったから
4. バスが事故で遅れたから

車站前男人與女人正在談話。女人為什麼無法在約好的時間到達？

F：抱歉、抱歉，我遲到了。

M：怎麼啦？我打手機給妳也沒接。我剛才還擔心妳是不是發生什麼意外事故了。

F：打手機給我？抱歉，剛剛都沒注意到，因為我一直用跑的過來。現在幾點了？

M：7點10分喔！妳遲到了40分鐘。發生什麼事了嗎？

F：我剛才正想離開公司時，課長丟了些工作給我，也沒辦法拒絕。

M：這種情形下次別忘了要聯絡我喔。

女人為什麼無法在約好的時間到達？

1. 因為回去拿忘記帶走的東西
2. 因為搞錯約定的時間
3. 因為太晚離開公司
4. 因為巴士發生交通事故而遲到

正解：3

161

2番 MP3 03-01-09

会社で男の人と女の人が話しています。どうして火事になったのですか。

M： きのう、この近くで火事があったの知ってる？

F： うん、家この近くだから。消防車の音がすごかったよ。けがをした人や亡くなった人がいなかったからよかったけど、気をつけないとね。天ぷらの油が原因だったんでしょう。その家の人、テレビでも見てたの？

M： チャイムが鳴ったから、1) 火を消さずに玄関に行ったそうだよ。お客さんが変な臭いに気がついて、すぐ消防署に電話したんだって。

F： 火を消すのを 2) 忘れないようにしないとね。

どうして火事になったのですか。
1. お客さんが来たから
2. テレビを見ていたから
3. 部屋で勉強していたから
4. 電話で話していたから

在公司裡男人與女人正在說話。為什麼發生火災呢？

M： 妳知道昨天這附近發生火災了嗎？

F： 知道。因為我家就在這附近，消防車的聲音有夠吵的。還好沒有人員傷亡還算不幸中的大幸，今後不注意些不行，好像是因為炸天婦羅的食用油釀禍的吧。那家人那時候正在看電視之類的嗎？

M： 聽說是因為門鈴響了，火沒關就往玄關去了，結果訪客注意到有股燒焦的臭味，所以立刻打電話給消防署的樣子。

F： 今後不能忘了關火這檔事呀。

為什麼發生火災呢？
1. 因為有訪客來
2. 因為當時正在看電視
3. 因為當時在房間裡學習
4. 因為正在講電話

正解：1

重點解說

1) 「消さずに」（沒關）是「V ないで」（沒做～）的意思。
2) 「忘れないようにしないと」（今後不能忘記做～）是「V ないようにしないといけない」（今後忘了做～就不行）的意思。

3番 MP3 03-01-10

会社で課長が女の人と話しています。女の人はこのあと最初に何をしますか。

M： 杉本さん、これ会員カードのパンフレット。このあと、できるだけ多くの人に配ってもらわないとね。アルバイトはきょう何人くらい来るの？

F： 10名の予定です。パンフレット、説明会場へ運んでおきましょうか。

M： いや、1）そこに置いといて。あとで運ばせるから。

F： はい、そろそろ時間ですね。

M： そうだな。会場の準備はできてる？

F： はい、あとはパンフレットを持っていくだけです。わたしは受付に行ってアルバイトの人を会場まで案内します。

M： 案内は必要ないんじゃないの？

F： 先月、それで開始時間が遅れてしまって、説明の時間が十分取れなかったじゃないですか。

M： ああ、そうだった。じゃ、頼んだよ。

女の人はこのあと最初に何をしますか。

1. パンフレットを運ぶ
2. アルバイトの人に説明する
3. 会場の準備をする
4. 会場へアルバイトの人を案内する

在公司裡課長正跟女人在談話。女人談話後要先做什麼？

M： 杉本小姐，這是會員卡的說明手冊。等一下必須盡可能地多發一些出去。今天大約有多少打工人員會來呢？

F： 預計有 10 人。我先把說明手冊搬去說明會的會場吧？

M： 不用，放在那裡就好。我待會兒讓人搬過去。

F： 好的。時間差不多了。

M： 是啊。會場準備好了嗎？

F： 是的。只差還沒把說明手冊帶過去而已。我去櫃台引導打工人員到會場去。

M： 應該用不著引導他們吧？

F： 可是上個月，就是因為沒有引導他們過去，以致說明會開始的時間推遲了。結果說明的時間也不大夠。

M： 啊，是有這回事。那，麻煩妳囉。

女人談話後要先做什麼？

1. 搬運說明手冊
2. 對打工人員說明
3. 準備會場
4. 引導打工人員到會場去

正解：4

❗ 重點解說

1）「そこに置いとく」是「そこに置いておく」的縮約形，維持原樣的意思。

4番 🎧 MP3 03-01-11

テレビで本川選手と女の人が話しています。本川選手はどうして３歳からサッカーをはじめましたか。

F：本川選手は３歳からサッカーを始められたということなんですが、ご家族の影響ですか。

M：いえ、サッカーをやってるの僕だけなんです。でも、父は応援してるチームはありましたね。

F：では、お父さんが将来はサッカー選手になってほしいとおっしゃっていたんですか。

M：言われてなれる仕事じゃないですよ。僕自身が見ているうちに選手にあこがれて。

F：では、1) ご本人の希望で。

M：ええ、そうですね。そして小学校のころに地元のサッカークラブですごくいい先輩に出会って、ずっと今まで続けてきました。

F：今、先輩とおっしゃったのは日本代表の内村選手ですね。

M：ええ、そうです。

本川選手はどうして３歳からサッカーをはじめましたか。
1. お父さんがサッカー選手だったから
2. 本川選手がやりたいと言ったから
3. いい先輩に出会ったから
4. お父さんの夢をかなえてあげたかったから

本川選手正與女人在電視上談話。本川選手為什麼從3歲就開始接觸足球？

F：聽說本川選手您從３歲就開始接觸足球。這是家人給您的影響嗎？

M：不是，我家踢足球的就只有我一人而已。不過，家父以前也曾有支持的足球隊。

F：那麼，令尊曾對您說過希望您將來成為足球選手嗎？

M：不是因為他這麼說我才選擇了這個工作喔。是我自己在看足球時變得熱衷於成為足球選手的。

F：所以說，是您本人的自我期望所致囉。

M：嗯，是啊。還有小學時代在當地的足球社團遇到非常棒的前輩，所以才一直持續努力到今天。

F：而今，您所說的那個前輩是現在日本代表隊的內村選手對吧。

M：哈哈，是啊。

本川選手為什麼從３歲就開始接觸足球？
1. 因為父親曾是足球選手
2. 因為本川選手說他想踢足球
3. 因為遇到很棒的前輩
4. 因為想為父親實現夢想

正解：2

❗ **重點解說**

1）本川選手開始踢足球的契機乃是本人的自我期望，所以答案是 2。選項 3 是小學時代的事情，所以不是本題答案。

5番 MP3 03-01-12

大学で先生が話しています。スピーチで一番大切なことは何だと言っていますか。

M： 誰でも今までに1度や2度は、スピーチをしたことがあると思います。スピーチとは自分の考えを聞いている人に伝えることです。ですから、テーマを決めたら、聞いている人のことを考えましょう。いくらいいことを言っても相手に伝わらなければ何にもなりません。理解しやすいような例や説明を考えたり、聞き取りやすい声で話しましょう。早口や小さい声で話されても聞き取れませんよね。グラフや表などが使えるなら、工夫して使ってみましょう。しかし、自分が伝えたいことは何なのかをやはりよく考えなければなりません。<u>1）まずそれを考えることが何より大切ですね。</u>

スピーチで一番大切なことは何だと言っていますか。

1. テーマをよく考えること
2. わかりやすい説明を考えること
3. どんな声が聞き取りやすいか考えること

4. 図や表や写真の効果的な使い方を考えること

在大學裡老師正在說話。他說演講時最重要的事情是什麼呢？

M： 我想不論是誰迄今都有1次或2次演講過的經驗。所謂的演講就是把自己的想法傳遞給聽眾這麼一回事。所以，決定了演講的主題後，請思考一下聽眾的立場吧。不論說了多棒的內容可是若不能傳達給對方則一切都是枉然，所以讓我們想些容易理解的例子或說明方式，並用讓對方聽得舒服且易懂的語調來說話吧。說太快或用很小聲來說話對方會聽不下去喔。若是能使用圖表來說明的話，那就試著好好的作出圖表來說明吧。但是，自己想傳達的究竟是什麼必須好好地想清楚。首先把這個想清楚是比什麼都來得重要的。

他說演講時最重要的事情是什麼呢？

1. 好好思考要講的主題
2. 思考讓對方易懂的說明方式
3. 思考用什麼聲音語調來演講對方會聽得舒服易懂
4. 思考圖表或照片的有效用法

正解：1

 重點解說

1）「何より」（比什麼都〜）是比起其他的都還重要，也就是「最〜」的意思。

6番 03-01-13

大学で男の人と女の人が話しています。男の人はどうしてかぜをひきましたか。

F：かぜ？大丈夫？

M：うん、先週試験で、夜遅くまで勉強してたからな。

F：ほんと？すごい。私は電気をつけたまま寝ちゃって母によく怒られたわ。

M：1）僕も昔、クーラーを消さないで寝てよく怒られたよ。

F：そう。あれ？雨じゃない？

M：本当だ。傘持ってきた？雨に降られてかぜひかないようにね。

F：うん、ありがとう。最近、かぜがはやっているから気をつけるわ。

男の人はどうしてかぜをひきましたか。

1. クーラーをつけたまま寝たから
2. 雨に降られたから
3. 友だちがかぜをひいていたから
4. 最近よく勉強していたから

在大學裡男人與女人正在說話。男人為什麼得了感冒？

F：感冒了？你還好嗎？

M：還好。上週有考試，都學習到很晚，所以才感冒了吧。

F：真的嗎？好厲害。我老是電燈沒關就睡著了所以我媽老是生氣。

M：我以前也是冷氣沒關就睡了所以老是被罵。

F：這樣啊。咦，是不是下雨了？

M：真的耶。妳帶傘來了嗎？別被雨淋了而感冒喔。

F：好，謝謝關心。最近，因為感冒在流行所以我都很注意。

男人為什麼得了感冒？

1. 因為沒關冷氣就睡了
2. 因為被雨淋了
3. 因為朋友得了感冒
4. 因為最近老是用功學習

正解：4

！ 重點解說

1）「昔～怒られた」（以前～被罵）不是這次感冒的原因。

問題3

1番 🎧 MP3 03-01-15

教室（きょうしつ）で男子学生（だんしがくせい）が話（はな）しています。

M：「鉄子（てつこ）」や「歴女（れきじょ）」「理系女子（りけいじょし）」など女性（じょせい）についての新（あたら）しい言葉（ことば）がどんどん作（つく）られています。もっと正（ただ）しい言葉（ことば）を使（つか）ったほうがいいとか、聞（き）いてもわからない言葉（ことば）を使（つか）うべきではないという意見（いけん）が先（さき）ほど出（で）ましたが、そういう面（めん）だけではないと思（おも）います。使（つか）う場面（ばめん）や相手（あいて）を考（かんが）えるのは大切（たいせつ）なことですが、その言葉（ことば）が広（ひろ）まることによって、昔（むかし）からの女性（じょせい）のイメージが変（か）わったり、社会（しゃかい）の理解（りかい）が深（ふか）まると思（おも）います。私（わたし）の姉（あね）は理系（りけい）女子（じょし）なので、この言葉（ことば）が生（う）まれることによって女性（じょせい）が職場（しょくば）で働（はたら）きやすくなればいいんじゃないかと思（おも）っています。

男子学生（だんしがくせい）は新（あたら）しい言葉（ことば）についてどう考（かんが）えていますか。

1. 相手（あいて）が理解（りかい）できない言葉（ことば）は使（つか）うべきではない
2. 新（あたら）しい言葉（ことば）を社会（しゃかい）にもっと広（ひろ）めるべきだ
3. 新（あたら）しい言葉（ことば）によって価値観（かちかん）が変化（へんか）するのでいいことだ
4. 女性（じょせい）のために、新（あたら）しい言葉（ことば）をどんどん作（つく）るべきだ

在教室裡男學生正在談話。

M：「鐵子」或「歷女」「理系女子」等關於女性的新語彙不斷地出現。雖然不久前出現了一些像是「使用更正確的語彙比較好」、或是「不應該使用聽了也搞不懂意思的語彙」的意見，但我認為並不是只有這種表面意思而已。去考慮語彙的使用場面及對象固然重要，不過由於這些語彙的普及，以致我們對傳統女性的刻板印象有所改變，對社會也有更深度地理解。因為我姊就是理系女子，所以這樣的語彙的誕生若能為女性在職場上帶來更好的工作條件，我覺得這樣也是很棒的不是嗎？

男學生對於新語彙是如何思考的？

1. 不應使用對方無法理解的語彙
2. 應該在社會上更加推廣新語彙
3. 由於新語彙所致的價值觀變化是件好事
4. 為了女性，應該不斷地產出新語彙

正解：3

❗ 重點解說

「理系女子（りけいじょし）」也可說成「リケジョ」（理科妹）。

2番 🎧 MP3 03-01-16

テレビで女の人が話しています。

F ： 残業で深夜に帰宅すると、とても疲れているので、お風呂に入らずにすぐに眠ってしまいたいと思いますよね。次の日も仕事がある場合は、少しでも睡眠時間を確保したいと思うのは当然です。しかし、そんな時でもやはりお風呂に入って寝るほうがいいんです。お風呂には体をリラックスさせてくれる効果と体温を上げて血の流れをよくする効果があります。疲れていても 10 分ほどお湯につかれば、質のよい睡眠を得ることができるのです。

女の人が言いたいことは何ですか。

1. 疲れていてもぐっすり眠るためにお風呂に入ったほうがいい
2. お風呂には体にいいさまざまな効果がある
3. 疲れているときは 10 分ほど休んでからお風呂に入ったほうがいい
4. お風呂は寝る前に入ったほうがいい効果が得られる

電視上女人正在說話。

F ： 加班以致深夜一回到家之後，因為超級累，所以會想不洗澡立刻倒頭就睡。隔天若也要上班，即便只有一點點也想要爭取睡眠時間是很理所當然的。但是，這樣的時刻其實還是入浴後才睡覺比較好。泡澡有為我們帶來放鬆身體的效果，也有升高體溫促進血液循環的功效。即便很累但只要泡澡約 10 分鐘，就可以獲得良好的睡眠品質。

女人想說的是什麼事呢？

1. 即便很疲憊但為了睡得好還是洗澡比較好
2. 泡澡對身體可帶來各種的效果
3. 疲憊的時候先休息個10分鐘左右再去泡澡比較好
4. 泡澡這件事特別在睡前做可以得到良好的效果

正解：1

3番 🎧 MP3 03-01-17

自動車の店で夫と妻が話しています。

F： 今度買い替える車なんだけど、ガソリンで走る車と電気で走る車とどっちがいいかな。

M： 電気とガソリンで走るハイブリッドカーはどう？

F： ガソリンで走る車より高いんでしょう。

M： うん、でも1リットルで走れる距離が長いんだ。だから、ガソリン代が安くなるんじゃない？

F： 私、毎日乗るけど、会社が近いから、安くなったら電気自動車がほしいの。環境にやさしいから。

M： でも、まだまだ高いよね。

2人は何について話していますか。
1. 自動車の種類について
2. 新しく買う車について
3. 車の長所や短所について
4. 通勤で使う車について

在汽車的門市店裡一對夫妻正在談話。

F： 這次來買新車，但是買汽油車或電動車哪一種好呢？

M： 妳覺得買油電混合車如何？

F： 那種的比汽油車貴吧？

M： 對，不過1公升汽油可以跑得距離較長。所以，較省油錢不是嗎？

F： 我雖然每天都要開車上下班，但公司離家近，若是便宜的話我是想要電動車，也比較環保。

M： 可是，現在價格還很貴呀！

兩人正在說關於什麼的話題呢？

1. 關於汽車種類
2. 關於要買的新車
3. 關於車子的優缺點
4. 關於上下班通勤所使用的車子

正解：2

問題 4

1 番　🔊 MP3 03-01-19

M：	授業が終わりました。わからないところを先生に聞きたいです。何と言いますか。	M：	上課結束了。想問老師關於不懂的部分。要說什麼呢？
F：	1. ここがわからないんですが、1）<u>先生に教えてくださいませんか。</u>	F：	1. 這裡我不大懂，可以請您教我老師嗎？
	2. すみません。この部分をもう一度教えさせてもらえないでしょうか。		2. 抱歉，這部分我可以再教一遍嗎？
	3. ちょっとよろしいですか。2）<u>ここをもう一回教えていただけませんか。</u>		3. 佔用您一點時間可以嗎？這部分可以請您再教我一次嗎？

正解：3

⚠ 重點解說

1）「先生に」的「に」表示老師是教的對象（而非教的動作者）。

2）「教えていただけませんか」（可以請您教我嗎）比「教えてもらえませんか」更加有禮貌。也可以使用「教えてください」或「教えてくださいませんか」。

2 番　🔊 MP3 03-01-20

M：	友達に借りた傘を電車の中に忘れてしまいました。何と言いますか。	M：	把向朋友借的雨傘忘在電車裡。該說什麼呢？
F：	1. 1）<u>傘をなくしちゃったみたいなんだ。</u>	F：	1. 我好像把雨傘給搞丟了。
	2. 傘を忘れてるよ。気を付けてね。		2. 你忘了雨傘喔！請注意！
	3. 今度は忘れないようにしてね。		3. 下回請不要再忘了喔！

正解：1

⚠ 重點解說

1）<u>「なくしちゃった」</u>（搞丟了）是「なくしてしまった」的縮約形。因為有後悔的意思，所以可以用於表達道歉的心情。

3番 🎧 MP3 03-01-21

M： コピー機が壊れています。教えてあげたいです。
何と言いますか。

F： 1. そのコピー機を使わなければなりません。
2. そのコピー機は壊れてるみたいですよ。
3. あのコピー機でコピーしましょう。

M： 影印機壞了。想告訴對方這
件事該說什麼呢？

F： 1. 必須使用那台影印機。
2. 那台影印機好像壞了喔。
3. 我們來用那台影印機印
吧。

正解：2

4番 🎧 MP3 03-01-22

F： 新製品ができたので、部長に見せたいです。何
と言いますか。

M： 1. 午後は会社にいらっしゃいますか。
2. 部長に伺ってもよろしいでしょうか。
3. 会社で伺ってもいいでしょうか。

F： 因為新產品完成了，所以想
給部長看。該說什麼呢？

M： 1. 您下午會在公司嗎？
2. 我去詢問部長您方便嗎？
3. 可以在公司裡詢問您嗎？

正解：1

問題 5

1 番 🎧 MP3 03-01-24

M： 1) あした晴れないかな。

F： 1. そうだね。あしたこそ、いい天気になると思ったんだけどな。

2. そうだね。いい天気になってほしいね。

3. えっ、あしたも雨なの？最近ずっとだよね。

M： 我想明天還是不會放晴吧。

F： 1. 是啊，我原本預估明天一定會變成好天氣呢。

2. 是啊，真希望會變成好天氣呢。

3. 咦，明天也下雨嗎？最近一直在下呢。　**正解：2**

❗ 重點解說

1)「晴れないかな」表達了說話者的希望。請注意並非在表達否定的意思。

2 番 🎧 MP3 03-01-25

F： 今朝、1) 遅刻しそうになったよ。

M： 1. あと5分早く家を出れば間に合ったのに。

2. あしたまた遅刻したら、課長に怒られるよ。

3. よかったね。間に合って。

F： 今天早上我差一點就遲到了。

M： 1. 明明再提早5分鐘出門就趕得上了。

2. 明天再遲到的話會被課長罵喔。

3. 太好了，有趕上。

正解：3

❗ 重點解說

1)「遅刻しそうになった」（差點就遲到了）表示很勉強地趕上的意思，也有用「遅刻するところだった」這樣的說法來表達。

3番 🎧 MP3 03-01-26

M： 失礼ですが、1）田中さんの奥様でいらっしゃいますか。	M： 抱歉請問，您是田中先生的夫人嗎？
F： 1. ええ、田中の家内です。 2. ええ、結婚しています。 3. すみません。今、おりませんが。	F： 1. 是的，我就是田中的太太。 2. 是的，我結婚了。 3. 抱歉。她現在不在。
	正解：1

 **重點解說**

1）「田中さんの奥様でいらっしゃいますか」的「でいらっしゃいますか」是「～ですか」（是～嗎？）的尊敬表現。

4番 🎧 MP3 03-01-27

F： 私、実は猫舌なんです。あとで食べてもいいですか。	F： 我其實吃東西時很怕燙嘴。可以待會兒再吃嗎？
M： 1. ええ、冷ましてから、食べてください。 2. はい、先に猫にあげてもいいですよ。 3. 遠慮なく、どんどん食べてください。	M： 1. 可以，請變冷後再吃。 2. 好的。妳也可以先給貓吃喔！ 3. 請別客氣儘量吃吧。
	正解：1

5番 🎧 MP3 03-01-28

F： この歌、この歌手の6年ぶりの曲なんだって。	F： 這首歌，聽說是這位歌手睽違6年發表的喔。
M： 1. へえ、古い歌なんだね。 2. へえ、新しい歌なんだね。 3. へえ、だから、歌がうまいんだね。	M： 1. 咦，是老歌嘛！ 2. 咦，是新歌囉！ 3. 咦，難怪他唱得這麼好！
	正解：2

6番 🎧 MP3 03-01-29

F： テストを始めてから、30分たちました。書き終わった人は出していいですよ。 M： 1. はい、試験はもう終わりですね。 　　2. ええっ、もう出さなければなりませんか。 　　3. そうですか。では、出します。	F： 考試開始後已經過了30分鐘了。寫完的人可以交卷囉。 M： 1. 好的。考試已經時間到了。 　　2. 咦，已經要交了嗎？ 　　3. 這樣啊。那我交囉。 　　　　　　　　　　　　正解：3

7番 🎧 MP3 03-01-30

M： そちらでアルバイトを募集していますか。 F： 1. はい、アルバイトしてみましょう。 　　2. アルバイトがしたいんですが。これ、履歴書です。 　　3. すみません。もう決まっちゃったんですよ。	M： 你們那裡有在招募打工人員嗎？ F： 1. 是的。我們來去打工試試吧！ 　　2. 我想打工，這是我的履歷書。 　　3. 抱歉。我們已經找到人了。 　　　　　　　　　　　　正解：3

8番 🎧 MP3 03-01-31

F： コーヒーがよろしいですか、それともお茶がよろしいですか。 M： 1. かまいません。 　　2. おかまいなく。 　　3. いただきます。	F： 咖啡好嗎？或者茶好呢？ M： 1. 無所謂。 　　2. 不用麻煩了。 　　3. 我喝囉。　　　　正解：2

9番 🎧 MP3 03-01-32

M： 安田さん、このレポートを見てもらえないかな。 F： 1. いいよ。どれどれ。 　　2. うん、見てもいいよ。 　　3. よく書けてたよ。	M： 安田小姐，可以幫我看看這份報告嗎？ F： 1. 好呀，我看看。 　　2. 嗯，你可以看喔。 　　3. 你寫得很棒呢！　正解：1

模擬試題第2回　スクリプト詳解

問題1	1	2	3	4	5	6			
	1	1	2	3	3	2			
問題2	1	2	3	4	5	6			
	3	3	1	3	2	1			
問題3	1	2	3						
	1	3	4						
問題4	1	2	3	4					
	2	3	1	1					
問題5	1	2	3	4	5	6	7	8	9
	1	2	3	2	2	3	1	1	3

（M：男性　F：女性）

問題1

1番　MP3 03-02-01

だいがく おとこ ひと おんな ひと はな おんな ひと
大学で男の人と女の人が話しています。女の人はこの
さいしょ なに
あと最初に何をしなければなりませんか。

F：　先輩、奨学金をもらってますよね。私、申し込
　　 おも
　　 もうと思ってるんです。

M：　それなら、1) 早く準備しなきゃ。申込用紙は学
　　 せいか せつめいかい さんか かなら
　　 生課の説明会に参加すればもらえるから、必ず
　　 しゅっせき ほう
　　 出席した方がいいよ。

F：　わかりました。

M：　ぎんこうつうちょう しょうがくきん ほんにん ぎんこうつうちょう ふ
　　 銀行通帳ある？奨学金は本人の銀行通帳に振り
　　 こ
　　 込まれるからね。

在大學裡男人與女人正在說話。
女人在對話後首先必須做何事？

F：　前輩有拿獎學金吧。我也想
　　 要申請。

M：　這樣的話，必須儘早準備。
　　 因為申請用的表格只要參加
　　 學生課的說明會就能拿到，
　　 所以建議妳務必出席。

F：　好的。

M：　妳有銀行的存摺嗎？獎學金
　　 會匯入妳本人的銀行存摺
　　 喔。

F ： 2) 大学に入るときに作ったんで持ってます。

M ： それから、高校の成績証明書も早めに送ってもらっといたほうがいいよ。

F ： そうですね。じゃ、3) さっそく学生課に行ってきます。

女の人はこのあと最初に何をしなければなりませんか。
1. 学生課で説明会に申し込む
2. 学生課で申込用紙をもらう
3. 銀行の通帳を作る
4. 成績証明書を送ってもらう

F ： 大學入學前就已經開戶辦了存摺。

M ： 還有，高中時代的成績證明書也建議儘早請就讀的高中寄來給妳比較好喔。

F ： 嗯，的確如此。那麼，我現在立刻就去學生課。

女人在對話後首先必須做何事？
1. 在學生課申請參加說明會
2. 在學生課取得申請表格
3. 製作銀行的存摺
4. 請就讀的高中寄來成績證明書

正解：1

重點解說

1)「準備しなきゃ」是「準備しなければならない」的簡短表現。2)「作ったんで」是「作ったので」的口語表現。3)「さっそく」是思考本題動作順序的關鍵字。

2番 MP3 03-02-02

女の人と男の人が話しています。カレー屋はどこにありますか。

M ： あのう、ちょっとお伺いします。この近くに「スパイス」っていうカレー屋があるって聞いたんですけど。

F ： ああ、「スパイス」ね。えっと、ここをまっすぐ行くと大きな交差点があって……、角に旅行社があるですけどね。あっ、……じゃなくって銀行、そうそう、その斜め向かいです。

女人與男人正在說話。咖哩店在哪裡呢？

M ： 那個，請問一下。我聽說這附近有一間叫做「スパイス」的咖哩店。

F ： 啊，「スパイス」咖哩店嗎？嗯，從這裡直直走會遇到一個很大的十字路口……十字路口的轉角有一間旅行社。啊……不對，有一間銀行，對對，「スパイス」就在銀行的斜對面。

M： ご親切にどうも。

F： スパイスは角のビルじゃないけど、下に家電量販店があるから、すぐわかると思いますよ。

M： わかりました。どうも。

カレー屋はどこにありますか。

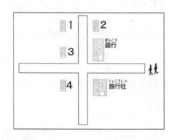

M： 謝謝妳親切的説明。

F： スパイス雖然不是角落那間大樓，但因為它底下是一間家電量販店，我想你看到後應該馬上就知道了喔。

M： 我知道了。謝謝。

咖哩店在哪裡呢？

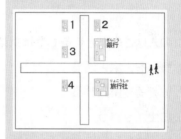

正解：1

3番 🎧 MP3 03-02-03

会社で男の人と女の人が話しています。女の人はこのあと何をしなければなりませんか。

M： あしたから出張でしょう。準備はできた？

F： そうねえ、だいだいできたかな。1）説明に使う資料は工場に送ってあるし。

M： 工場までスーツで行くなら、靴を持っていったほうがいいよ。

F： 2）靴って貸してもらえないんだっけ。

M： うん。この前、僕が行ったときはそうだったよ。

F： じゃ、荷物の中に入れとかないとね。それから、お土産は、この町の名産品にしたんだけど、それでよかったかな。

在公司裡男人和女人正在說話。女人在對話後首先必須做何事？

M： 妳明天要出差吧。準備好了嗎？

F： 是啊……大致上都準備好了吧！用來說明用的資料也已送到工廠去了。

M： 若是穿著套裝去工廠的話，最好是帶著鞋子去比較好喔。

F： 鞋子沒法用借的嗎？

M： 是的。上一次我去的時候就是這樣喔。

F： 那麼，鞋子必須預先放進行李中呢。然後，我決定買這個城市的名產當作伴手禮，這樣應該可以吧？

M： それでいいんじゃない？特別（とくべつ）おいしいってわけじゃないけどね。ビデオ入（い）れた？	M： 這樣不錯呀。雖然那也算不上特別好吃。攝影機放進行李內了嗎？
F： うん、念（ねん）のためにね。撮影禁止（さつえいきんし）のとこもあると思（おも）うんだけど。じゃ、明日（あした）から会社（かいしゃ）にいないけど、よろしくね。	F： 嗯，為了預防萬一放進去了。雖然我想有些地方是禁止攝影的。那麼，明天開始我不在公司了，請多包涵指教喔。

女（おんな）の人（ひと）はこのあと何（なに）をしなければなりませんか。
1. 資料（しりょう）を工場（こうじょう）に送（おく）る
2. 靴（くつ）を荷物（にもつ）に入（い）れる
3. お土産（みやげ）を買（か）う
4. ビデオを荷物（にもつ）に入（い）れる

女人在對話後首先必須做何事？
1. 把資料送去工廠
2. 把鞋子放入行李中
3. 買伴手禮
4. 把攝影機放入行李中

正解：2

 重點解說

1)「送（おく）ってある」的「てある」是已經準備完成的意思。2)「貸（か）してもらえないんだっけ」的「んだっけ」是向對方再確認的說法。

4番 MP3 03-02-04

店（みせ）で店員（てんいん）と女（おんな）の人（ひと）が話（はな）しています。女（おんな）の人（ひと）はこのあと、どうしますか。	在店裡店員和女人正在說話。女人在對話後，怎麼做呢？
F： あのう、すみません。この1000円（せんえん）のお菓子（かし）ってあと4（よ）つありますか。	F： 那個，抱歉請問一下。這個1000日圓的點心除了這些外還有另外四個嗎？
M： 申（もう）し訳（わけ）ございません。そちらはそこにあるだけなんですよ。	M： 非常抱歉，只有架上的這些而已喔。
F： そう、8（や）つほしいんだけど、困（こま）ったなあ。	F： 這樣啊。我想要買8個耶，真傷腦筋。

M： よろしければ、注文いたしますが。明日午後には届くと思います。

F： そうすると、また来なきゃなんないからなあ。そうだ、無料で送ってもらえるサービスってあったわよね。

M： はい、合計1万円以上ですと、無料ですが、1万円以下の場合は送料が300円かかります。

F： そう。1) とりあえず、今あるだけもらっていくわ。あとの分は送って。取りに来るのは面倒だから。

M： かしこまりました。では、明日4つ届きましたら、すぐお送りします。

女の人はこのあと、どうしますか。
1. お菓子を4つ買う
2. お菓子を8つ買う
3. お菓子を4つ買って、4つ送ってもらう
4. お菓子を8つ送ってもらう

M： 若您接受的話，我們可以幫您訂。明天下午會到貨。

F： 這樣的話，我還必須來一趟吧。對了，有那種免費送貨到家的服務對吧。

M： 是的。購買總額滿1萬日圓以上就可以免費寄送。未滿1萬日圓的話就必須負擔300日圓的郵寄費用運費。

F： 喔，這樣啊。那姑且就把今天現場有的帶回去，剩下的請寄給我，為了拿貨再來一趟是很麻煩的。

M： 好的，我了解了。那麼，明天另外的4個送來這裡後我立刻為您安排出貨。

女人在對話後，怎麼做呢？
1. 買走4個點心
2. 買走8個點心
3. 買走4個點心，請店家寄來4個
4. 請店家寄來8個

正解：3

重點解說

1) 「とりあえず」（姑且）、「あと」（剩下）是關鍵字。「もらっていく」的「もらう」是在現場買走的意思。

学校で男の学生と女の学生が話しています。男の学生が借りたものはどれですか。

M： レポートできた！

F： やっとできたね。左上を2か所ホッチキスでとめなきゃならないんでしょ。

M： うん。でも、その前に先生指定の表紙をはりつけなきゃ。ええっと、セロテープは……。

F： それはないけど、のりならあるよ。

M： じゃ、1) のりちょうだい。

F： はい、どうぞ。ねえ、そっちに切るものある？

M： カッターでいい？

F： 助かる。ありがとう。

男の学生が借りたものはどれですか。

1. ホッチキス
2. セロテープ
3. のり
4. カッター

在學校裡男學生和女學生正在說話。男學生所借來的東西是哪個呢？

M： 報告做好了！

F： 終於做好了呢。左上方必須要用釘書機釘兩個地方吧。

M： 嗯。不過，在那之前必須把老師所指定的封面黏上。欸，透明膠帶在哪裡呀？

F： 沒有透明膠帶。膠水倒是有。

M： 這樣的話，請給我膠水。

F： 好的，請用。那個，你那裡有沒有可以切割的工具？

M： 美工刀可以嗎？

F： 太好了，謝謝。

男學生所借來的東西是哪個呢？

1. 釘書機
2. 透明膠帶
3. 膠水
4. 美工刀

正解：3

重點解說

1)「のりちょうだい」的「ちょうだい」是「ください」（請給我〜）的口語表現。不可使用於上位者。

6番 03-02-06

家で男の人と女の人が話しています。男の人はこのあと、まず何をしますか。

F： ちょっとコンビニへ行ってくるから、あとお願いできる？宅配便が着いてるはずだから。

M： うん、昼ご飯はインスタントラーメンでいい？

F： いいけど、家族みんなの分となると、足りないから、ついでに買ってくるね。それから、洗濯だけど、先に洗っといてくれると、帰ったころに干せるから助かる。

M： 洗濯機に入れとくよ。でも、干したり、畳んだりするのは面倒だな。

F： 1）それは、あとでやるからいいわ。ああ、朝ご飯の洗い物まだだった。

M： 洗濯したら、やっとくよ。

F： そう、そう、掃除はやっちゃったから。

M： わかった。

男の人はこのあと、まず何をしますか。
1. 昼食を作る
2. 洗濯をする
3. 皿を洗う
4. 掃除をする

在家中男人與女人正在說話。男人在對話後，首先必須做什麼呢？

F： 我去個一趟便利商店再回來。等一下可否麻煩妳一下？應該會有宅配送到。

M： 好喔。午飯吃泡麵可以嗎？

F： 好是好，但全家都吃泡麵的話分量就不夠了，順便買些回來吧。還有洗衣服，你要是先幫我把衣服丟進去洗的話，回來後我就可以拿去晾乾這可就幫了大忙。

M： 我會放進洗衣機。不過，晾衣服跟摺疊衣服好麻煩啊。

F： 那些事我待會兒再來做沒關係。啊，早餐吃過的碗盤還沒洗喔。

M： 洗完衣服後，我再來洗碗盤吧。

F： 對、對，因為打掃工作已經完成了。

M： 好啦，我知道了。

男人在對話後，首先必須做什麼呢？
1. 做午飯
2. 洗衣服
3. 洗盤子
4. 打掃

正解：2

🔍 重點解說

1）的「それ」只有指前面所提到的晾乾衣物，摺疊衣物等動作，而不是指等一下再洗衣。

問題 2

1番　MP3 03-02-08

<table>
<tr><td>

会社で女の人と男の人が話しています。女の人はどうして犬を飼ってくれる人を探していますか。

F：犬が飼いたいって言ってる人知りませんか。

M：タローちゃん、飼えなくなったんですか。

F：ううん。私昼間家にいないから、タローが寂しいだろうと思って、もう1匹飼うことにしたんですよ。小型犬でかわいいと思ったんだけど。

M：タローが大型犬だから、いじめたんですか。

F：いいえ、シロちゃん、ああ、1) その新しい犬ね、私がいない時、よく大きい声で鳴くみたいなんです。それで、タローのほうが疲れちゃって、食欲もないし。シロちゃんが来ると逃げるようになっちゃったんですよ。

M：小型犬なら、飼いたいっていう人知ってますよ。

女の人はどうして犬を飼ってくれる人を探していますか。
1. 女の人が日中、家にいないから
2. 大きい犬が小さい犬をいじめるから
3. 小さい犬がよく吠えるから
4. 小さい犬が餌を食べないから

</td><td>

在公司裡女人與男人正在說話。女人為什麼正在尋找能為她養狗的人呢？

F：你有沒有認識想養狗的人？

M：妳沒法養太郎嗎？

F：不是的。因為我白天不在家，我想太郎會寂寞，所以又養了一隻，那時想找隻又小型又可愛的狗。

M：因為太郎是大型犬，所以欺負人家吧。

F：不是的。小白，啊，就是那隻新的狗，在我不在時，常發出很大吼叫聲的樣子。因此，太郎很疲憊，也沒什麼食慾了。小白一來只好逃跑。

M：要是小型犬的話，我倒是知道有人想養喔。

女人為什麼正在尋找能為她養狗的人呢？
1. 因為女人白天時間不在家
2. 因為大狗欺負小狗
3. 因為小狗常在吠
4. 因為小狗不吃飼料

正解：3

</td></tr>
</table>

🔍 重點解說

1）因為「それで」表示理由，可以得知新來的小型犬常大聲地叫，也就是理由是「吠える」（吠叫）這件事。

2番 MP3 03-02-09

駅で男の人と女の人が話しています。男の人はどうして遅れましたか。

M： ごめん、ごめん。遅れてごめん。

F： 気にしないで、私も電車が止まって、今着いたとこだから。バスの時間に間に合わなかったの？

M： いや、上司から電話がかかってきて、家を出るのが遅れたんだけど、バス停に着いたところへ、ちょうど来てね。

F： タイミングよくバスがきたのに、どうして？

M： いっしょに降りた人に道聞かれて。不安そうなお年寄りだったから、1) 案内しないわけにもいかなくて。まだ約束の時間まで余裕あるから、大丈夫だと思ったんだけどなあ。

男の人はどうして遅れましたか。
1. 電車が止まったから
2. 家を出るのが遅かったから
3. 道案内をしていたから
4. 道がわからなかったから

在車站內男人與女人正在說話。男人為什麼遲到了？

M： 抱歉，抱歉。我遲到了真是抱歉。

F： 請別介意。我也是因為電車停駛，所以剛剛才到這裡。你沒趕上巴士嗎？

M： 不，因為上司來電，剛才出門的時間雖然有點晚，但到達巴士站時巴士剛好來了。

F： 明明時間點剛好巴士來了有趕上，那為什麼會遲到呢？

M： 一起下車的乘客向我問路，因為對方是一個看起來令人有點不放心的老年人，所以我必須告訴他路怎麼走。因為那時距離約好的時間還很充裕，所以我想應該沒問題才對。

男人為什麼遲到了？
1. 因為電車停駛了
2. 因為出家門的時間較晚
3. 因為告訴別人路怎麼走
4. 因為自己不知道路怎麼走

正解：3

 重點解說

　1)「案内しないわけにもいかなくて」的「Ｖないわけにはいかない」是「必須做～」或「不做～不行」的意思。

3番 🎵 MP3 03-02-10

会社で男の人と女の人が話しています。男の人が今の会社が好きな理由はなんですか。

F：毎朝、眠そうね。通勤に時間かかるの？

M：うん、片道1時間半はかかるかな。電車で座れたら、寝るんだけどね。鈴木さんは近いんだっけ。

F：半時間くらい。ここは仕事もけっこうおもしろいから気に入ってるの。

M：僕も。だから、遠くてもやめる気にならないんだ。おもしろい人も多いから、毎日楽しいし。まあ、給料がもうちょっともらえると言うことないけど。

F：でも、給料が高いけど、好きじゃない仕事をするより、ずっといいよね。

M：同感。

男の人が今の会社が好きな理由はなんですか。

1. 好きな仕事だから
2. 同僚や上司から仕事が学べるから

3. 会社まで近いから
4. 給料が高いから

在公司裡男人跟女人正在說話。男人喜歡現在這個公司的理由是什麼呢？

F：你每天早上看起來都好睏喔。通勤上會很花時間嗎？

M：是啊。單趟就得花1個半小時吧。電車裡要是有位子坐就會睡一下呢。鈴木小姐好像住得比較近吧。

F：半小時左右。在這裡的工作相當有趣所以我很喜歡。

M：我也是啊。所以，即便住得遠也沒有辭職的想法。這裡也有很多有趣的人所以每天都很快樂。唉！要是薪水能再多一些就真的是太棒了。

F：但是，比起那種薪水高但不喜歡的工作，目前這個還是好得多吧。

M：我也是這麼想。

男人喜歡現在這個公司的理由是什麼呢？

1. 因為是自己喜歡的工作
2. 因為可以從同事及上司學習工作上的事
3. 因為家距離公司近
4. 因為薪水高

正解：1

4番 MP3 03-02-11

男の人が話しています。男の人が日本語の勉強を始めたのはどうしてですか。

M： 日本語の勉強を始めて 1 年になります。姉はアニメが好きで 3 年前から習っているのですが、僕はぜんぜん興味がなかったんです。1）英語ができるので、ほかの言葉は勉強しなくてもいいやと思っていたからです。でも、大学に入って留学生を手伝うボランティアをすることになって、その考えが変わりました。相手の言葉で話しかけることで、お互いの間にある壁がなくなりやすいことがわかったんです。それで勉強することにしました。去年日本へ旅行にも行きました。来年は韓国語を勉強するつもりです。

男の人が日本語の勉強を始めたのはどうしてですか。

1. アニメが好きだから
2. お姉さんが勉強していたから
3. ボランティアをしているから
4. 日本へ旅行に行きたいから

男人正在說話。男人為什麼開始學習日語？

M： 從開始學習日文迄今快一年了。我家姐姐因為喜歡動畫所以從 3 年前開始學習至今，我則完全沒興趣。因為我會說英文，所以覺得不學其他語言也沒問題。不過，自從進到大學後開始從事幫助留學生的義工工作後，我的想法改變了。我發現到使用對方的語言與其交流，阻隔於彼此之間的高牆也容易消除，所以決定學習。去年也去了趟日本旅行，明年我打算學習韓語。

男人為什麼開始學習日語？

1. 因為喜歡動畫
2. 因為姐姐曾學過
3. 因為正在擔任義工
4. 因為想去日本旅行

正解：3

🔍 重點解說

1）「ほかの言葉は勉強しなくてもいいや」的「～なくてもいいや」也可以說成「～なくてもかまわない」。

5番 🎧 MP3 03-02-12

絵のコンクールの担当者が話しています。作品を送るときに注意することはなんですか。

F ： 子供絵画コンクール、今年のテーマは「わたしの街の風景」です。小学生のみんな、1月31日までに作品を応募用紙といっしょに送ってくださいね。必ず、31日にこちらに着くようにしてね。作品は1人1点だけ送ることができるから気をつけてね。それから、絵をかくときは、色鉛筆や絵の具、クレヨンなど自由です。大きさは30センチ×40センチで、縦でも横でもかまわないけど、これより大きい場合は自分で決められたサイズに切って、送ってくださいね。

作品を送るときに注意することはなんですか。
1. 作品の裏に応募用紙を貼ること
2. 1月31日までに着くように送ること
3. 作品を1点ずつ送ること
4. コンピューターで作品をかかないこと

繪畫大賽的主辦人員正在說話。寄送作品時應注意的事項為何？

F ： 今年兒童繪畫大賽的主題是「我的城鎮的風景」。參賽的小學生請在1月31日前將作品及報名資料一起寄過來。務必最慢在31日當天寄到。請注意每人只能寄送一件作品。還有，作畫時可以自由使用彩色鉛筆、水彩、蠟筆等工具。畫紙大小是30公分乘40公分，畫直的或畫橫的都沒關係。比這尺寸還大時請自行裁切成大會規定的尺寸後寄送。

寄送作品時應注意的事項為何？
1. 必須在作品背面貼上招募用紙
2. 必須在1月31日為止前寄到
3. 必須將作品一件件寄送
4. 不能用電腦畫出作品

正解：2

🔍 **重點解說**

　　如同設問所提的「送る」（寄送）出現的時機都是重點，所以「送る」（寄送）以外的注意點皆非答案。

6番 MP3 03-02-13

会社で女の人と男の人が話しています。どうしてラーメン屋は閉店することになったのですか。

F：ねえ、聞いた？駅の近くのラーメン屋、お店閉めちゃうらしいわ。

M：ああ、店のドアに閉店のお知らせが貼ってあったよ。安くておいしかったのになあ。

F：あのお知らせには書いてなかったけど、家賃が払えなくなったんだって。

M：この辺の土地の値段が最近上がってるから、家賃を上げる大家が少なくないって聞いたよ。1) やっぱり、それか理由は。

F：みんな残念がってるわ。お昼休みのころなんて、いつも10人くらいお客さんが並んでたのにね。

M：店のご主人が厳しい人だったから、アルバイト見つからないときもあったけど、一人でもがんばってたのにね。

どうしてラーメン屋は閉店することになったのですか。

1. 家賃が上がったから
2. 客が減ったから
3. おいしくなくなったから
4. 働く人が見つからないから

公司裡女人與男人正在說話。為什麼拉麵店關門停業了呢？

F：喂，你聽說了嗎？車站附近的拉麵店好像關門大吉了耶。

M：啊，店門上有貼停業的通知喔。明明很好吃又便宜……

F：停業通知上雖然沒寫明，但好像是沒法支付店租。

M：因為這一帶最近土地價格上漲，聽說提高租金的房東也不少。我想果然是這理由吧。

F：大家都覺得可惜吧。午休時間總是有10個左右的客人在排隊等待呢。

M：因為店長是個嚴格的人，所以儘管有時也找不到來店裡打工的人，卻也一個人努力不懈呢。

為什麼拉麵店關門停業了呢？

1. 因為房租上漲
2. 因為客人減少
3. 因為變得不好吃
4. 因為找不到工作的人

正解：1

 重點解說

1）因為「それ」指的是前面所提的部分，可知停業的理由是租金上漲。

問題 3

1番 MP3 03-02-15

テレビで男の人が話しています。	電視上男人正在說話。
M： 新しく社会人となった皆さんは、何かと緊張することが多いのではないでしょうか。緊張は悪いことばかりではありませんが、緊張しすぎるのはよくありません。緊張を少なくしたいときは、まず、手をゆっくりマッサージしながら、ゆっくり息をしてみてください。「緊張しているけど、それがなんだ」「十分準備したんだから、大丈夫」など、気持ちが落ち着く言葉を言うのも効果的です。新入社員の毎日は新しいことの連続です。心臓がドキドキしてきたら、今話した方法を試してみてください。	M： 成為社會新鮮人的各位，想必總有些緊張。緊張不必然都是壞事，但緊張過度則不好。想減少緊張狀態的時候，首先，請試著一邊慢慢地按摩自己的手，一邊慢慢地調整氣息。對自己說些「根本沒什麼好緊張的」「因為已經準備充分，所以沒問題」等讓心情平靜的話也是有效的。新進社員的每一天都會面對一堆新鮮事。若緊張而覺得心臟噗通噗通跳時，請試試剛剛所說的這些方法。

男の人は何について話していますか。
1. 緊張を少なくする方法
2. リラックスに役立つマッサージ
3. 緊張を少なくする言葉
4. 緊張と健康の関係

男人正在說些關於什麼的話題？
1. 減少緊張的方法
2. 對紓壓有效的按摩
3. 減少緊張的語言
4. 緊張與健康的關係

正解：1

重點解說

問題 3 是概要理解，這種問題必須聽懂一個內容龐大的主題。選項中的 2 與 3 因為不是主題而是具體的說明，所以不是答案。

2番 🎧 MP3 03-02-16

会社で男の人と女の人が話しています。

F ： 出張お疲れ様。行く前に言葉の特訓しててたでしょ。通じた？

M ： それが、発音が悪いのか、ぜんぜん。結局翻訳アプリを使ったよ。

F ： えー、まだまだ正しく翻訳できないから、使えないって言ってなかった？

M ： うん、言った。でも、それが、逆によくて。翻訳が変だからこそ、何とか話したいっていう一生懸命な気持ちが伝わったみたいでね。道具は使いようだってこと、今回よくわかったよ。白石さんも使ってみてよ。

F ： うん。話すきっかけになりそうだもんね。

M ： そうなんだよ。おかげで、むこうの人と仲良くなっちゃって。お土産買うときにも、これサービスしてもらっちゃったんだ。おいしいよ、どうぞ。

F ： いただきます。うん、おいしいね。

男の人が伝えたいことは何ですか。
1. 翻訳アプリはまだ欠点が多いので不便だ

2. 翻訳アプリは食事や買い物のとき便利だ
3. 翻訳アプリは会話のきっかけになる
4. 翻訳アプリは自分に合ったものを選ぶべきだ

公司裡男人與女人正在說話。

F ： 出差辛苦了。臨行前你有受過語言特訓吧！結果能溝通嗎？

M ： 這個嘛，可能是因為發音不標準，完全無法溝通，結果還是用翻譯 APP。

F ： 咦，你沒跟人家說那個因為仍未能正確的翻譯，所以無法使用嗎？

M ： 嗯，說了。但是這樣反而出現好效果。正因為翻譯怪怪的，所以當我想要說什麼時那種努力要表達的心情似乎傳達給了對方。道具因使用方式不同而各有其效果這回事，我這次真的是懂了。白石小姐也請使用看看喔。

F ： 嗯。好像因此變成一個與對方說話的好契機呢！

M ： 就是啊。多虧了這個APP，我跟對方的人更熟絡了。買伴手禮時，也是用這個APP提供的服務。很好吃喔，請用。

F ： 我要吃了。嗯，真好吃呢！

男人想說的是什麼？

1. 翻譯APP仍有許多缺點所以不好用
2. 翻譯APP在吃飯與購物時很方便
3. 翻譯APP可以變成會話的契機
4. 翻譯APP應該選擇適合自己的

正解：3

189

3番 🎧 MP3 03-02-17

会社で男の人が女の人と話しています。	公司裡男人跟女人正在說話。
M： 町田さん、この間の出張の費用のことなんだけど。	M： 町田小姐，關於這陣子出差費用的事……
F： 交通費と食事代のことね。本当に悪いんだけど、難しいみたいよ。	F： 交通費及用餐費的事吧。真的不好意思，好像很難喔。
M： 忙しくて、ちょっと忘れただけじゃない。なんとかしてよ。	M： 我不過就是太忙所以稍稍忘了而已嘛！無論如何幫幫忙嘛！
F： 1週間以内なら、課長に頼むこともできるけど。本当は1か月前に書かなきゃならないものだったんでしょ。それは、課長でも無理だよ。	F： 要是一個禮拜內的話，我就可以去拜託課長。實際上這是1個月前就必須要寫好的東西吧。這樣即便是課長也沒法幫你辦呀！
M： いつまでに出さなきゃならないなんて、知らなかったんだよ。今度から、すぐ書くから、今回だけはお金出してよ。お願い。	M： 什麼時候之前必須提出申請這種事我不知道啦。下次我會立刻寫的，所以這次就幫我出錢啦，拜託囉！
F： そんなこと言ってもダメ。今度から気をつけるしかないよ。	F： 即便你這麼說也是不行啦！只能下次多多注意囉！

男の人は女の人に何を頼んでいますか。

1. 出張の費用の報告を待ってほしい

2. 出張の費用の報告を代わりに書いてほしい

3. 出張の費用の申請方法を説明してほしい

4. 出張の費用を出してほしい

男人正在向女人拜託什麼？

1. 希望對方等等自己完成出差費用的報告

2. 希望對方代替自己寫出差費用的報告

3. 希望對方說明出差費用的申請方法

4. 希望對方給付出差的費用

正解：4

問題4

1番 MP3 03-02-19

M： 駅で昔のクラスメートに偶然会いました。何と言いますか。 F： 1. お待たせ。久しぶりだね。 　　2. しばらくだね。元気にしてた？ 　　3. やっと会えたね。もう会えないかと思った。	M： 在車站偶遇以前的同班同學。此時要說什麼呢？ F： 1. 讓您久等了，好久不見。 　　2. 好一陣子沒見了。你好嗎？ 　　3. 終於可以見面了。我原本想說再也見不到了。 正解：2

2番 MP3 03-02-20

F： レストランで、コーヒーのおかわりをもらいたいです。何と言いますか。 M： 1. コーヒー一杯持ってきましょうか。 　　2. コーヒーを入れてもいいですか。 　　3. コーヒーのおかわりお願いできますか。	F： 在餐廳裡，想要求咖啡續杯。此時要說什麼呢？ M： 1. 我拿一杯咖啡來給你好嗎？ 　　2. 我可以沖杯咖啡嗎？ 　　3. 麻煩你幫我咖啡續杯。 正解：3

3番 MP3 03-02-21

M： 池に友達がゴミを捨てています。何と言いますか。 F： 1. 池にゴミを捨てちゃダメ。 　　2. 1）池にゴミを捨てなさい。 　　3. 2）池にゴミを捨てなきゃいけないよ。	M： 朋友把垃圾丟進水池。此時要說什麼呢？ F： 1. 不可以把垃圾丟進水池。 　　2. 請把垃圾丟進水池。 　　3. 必須把垃圾丟進水池喔。 正解：1

！ 重點解說

1）「捨てなさい」的「～なさい」有命令的意思。

2）「捨てなきゃいけない」是「捨てなければいけない」的縮寫形。

4番 MP3 03-02-22

M： 友達は熱があります。何と言いますか。

F： 1. 病院へ行ったほうがいいと思うんだけど。

2. 病院へ行ってもいいかな。

3. 病院で診てもらおうと思うんだけど。

M： 朋友發燒了。此時要說什麼呢？

F： 1. 我想你去醫院比較好喔。

2. 我可以去醫院嗎？

3. 我想去醫院看病。

正解：1

問題 5

1 番  03-02-24

M：お母さんはお元気ですか。	M：令堂好嗎？
F：1. はい、相変わらず元気です。	F：1. 是的。一如往昔，還不錯。
2. 1) それは何よりですね。	2. 那真是太好了。
3. おかげさまで、よくなりました。	3. 託您的福，變好了。

正解：1

重點解說

1)「何より」已含有「最好、再好不過」的意思。

2 番 03-02-25

F：お客様のお荷物をお持ちしました。	F：我已經拿了客人的行李。
M：1. では、よろしくお願いします。	M：1. 那麼，請多指教。
2. 恐れ入ります。	2. 抱歉，謝謝。
3. お待ちどおさまでした。	3. 讓您久等了。

正解：2

3 番 03-02-26

M：週末、ランチでもいっしょにどう？	M：週末一起吃個午餐如何？
F：1. いい店を選んだから、楽しみにしていてね。	F：1. 因為已經挑了間好店，我很期待喔。
2. せっかくだけど、さっきお昼食べたばかりなんだ。	2. 雖然很難得，但我才剛吃過午餐。
3. ぜひ。最近ゆっくり話す時間なかったもんね。	3. 一定。最近都沒時間好好地跟你聊天。

正解：3

193

4番 MP3 03-02-27

F ： 食べるのは、手を洗ってからよ。	F ： 洗完手再吃飯喔。
M ： 1. うん、いただきます。	M ： 1. 嗯，我要開動了。
2. うん、手を洗ってくるよ。	2. 嗯，我已經洗手了。
3. えっ、お母さんが食べちゃったの？	3. 咦，媽媽妳吃了嗎？

正解：2

5番 MP3 03-02-28

M ： 1) 久しぶりの休みなのに、このお天気じゃ。	M ： 等了好久才等來的一個休假，卻是這種天氣。
F ： 1. 晴れてよかったね。	F ： 1. 天氣晴朗真棒。
2. 雨だなんて、がっかりだね。	2. 唉！居然下雨真是失望。
3. 本当に楽しみだね。	3. 真的很期待呢。

正解：2

 **重點解說**

1)「～のに」表示逆接的語氣。

6番 MP3 03-02-29

F ： 佐藤さん、手が空いてたら、資料の整理手伝ってくれない？	F ： 佐藤先生，手邊的事告一段落之後，可以來幫我整理資料嗎？
M ： 1. 佐藤さんなら、手伝ってくれるはずだよ。	M ： 1. 佐藤小姐的話，應該會來幫我整理吧。
2. えっ？佐藤さん手伝ってくれないの？	2. 咦？佐藤小姐不幫我嗎？
3. うん、かまわないよ。どれからやればいい？	3. 好喔，沒問題。從哪邊開始做好呢？

正解：3

7番 MP3 03-02-30

M： 知ってました？中村部長、本当に歌がお上手なんですよ。

F： 1. へえ、そうだったんですか。

　　2. いいえ、そんなことありません。

　　3. 上手かどうか、わかりません。

M： 妳聽說了嗎？中村部長，真的很會唱歌喔。

F： 1. 咦，真的嗎？

　　2. 不，沒這回事。

　　3. 厲不厲害我不知道。

正解：1

8番 MP3 03-02-31

F： お借りしたサンプルを壊してしまいまして、本当に申し訳ございません。

M： 1. これくらい、大丈夫ですよ。気にしないでください。

　　2. はい、かしこまりました。修理しておきます。

　　3. ご迷惑をおかけしました。原因をすぐに調べます。

F： 非常抱歉，我把向您借來的樣品給弄壞了。

M： 1. 這點事沒關係啦，請別放在心上。

　　2. 是的，我了解了。我會修理的。

　　3. 抱歉造成您的困擾。我們會即刻調查原因。

正解：1

9番 MP3 03-02-32

M： 1）きょうは冷えますね。春とは思えませんね。

F： 1. 本当に涼しくて気持ちがいいですね。

　　2. 早く春が来てほしいですね。

　　3. 2）そうですね。春なのに、寒いですね。

M： 今天好冷喔！無法想像這是春天。

F： 1. 真的是好涼爽而感到舒適呢。

　　2. 希望春天快點來。

　　3. 是啊。明明是春天卻如此冷。

正解：3

❗ 重點解說

1）終助詞的「～ね」有向對方尋求同感的意思。

2）回答時的「～ね」有向對方表示自己也有同感，同意對方意見的意思。

模擬試題第3回　スクリプト詳解

問題1	1	2	3	4	5	6			
	1	3	1	4	4	2			
問題2	1	2	3	4	5	6			
	2	4	2	1	3	3			
問題3	1	2	3						
	2	3	4						
問題4	1	2	3	4					
	2	1	3	1					
問題5	1	2	3	4	5	6	7	8	9
	2	3	1	1	3	3	2	3	1

（M：男性　F：女性）

問題1

1番 🎧MP3 03-03-01

家で夫と妻が話しています。2人はこのあと何を買いますか。

F： 地震の時の避難用のリュックサックそろそろ点検しといたほうがいいわね。

M： そうだな。どれどれ、この水、賞味期間が来年1月だから、まだいいか。

F： だめだよ。毎年、3月に点検することにしてるんだから。

M： そうだな。それなら、チョコレートやビスケットはまだ大丈夫だ。

F： ああ、懐中電灯に電池入れっぱなしだったから、もうあまりつかないわ。

在家中一對夫妻正在說話。兩人在對話後決定要買什麼？

F： 差不多該檢查一下地震時的避難用背包比較好喔。

M： 是啊。我看看。水的保存期限到明年1月，應該還可以吧。

F： 不行啦。因為我們都是每年3月才檢查的呀。

M： 是啊。這樣的話，巧克力與餅乾還沒問題。

F： 啊，電池一直放在手電筒裡。已經不太亮了呀。

M： もう使えそうにないから両方買わないと。

F： 1) じゃ、電池がいらないのにするわ。薬や絆創膏や消毒液も問題ないわ。あっ、そうだ。頭を守るものも買っといたほうがいいんじゃない？

M： そうだな。ヘルメットは玄関とかいつも決まった場所に置いといたほうがいいな。

F： じゃ、さっそく買いに行きましょう。

2人はこのあと何を買いますか。

ア	
イ	
ウ	
エ	
オ	
カ	

1. ア　イ　オ
2. ア　オ　カ
3. イ　ウ　エ
4. ウ　エ　オ

M： 因為已經不能用了的樣子，兩個都得買。

F： 那麼，就買不需要放電池的手電筒吧。藥或 OK 繃或消毒液也沒問題。啊，對啦。保護頭部的東西也應該要有比較好吧。

M： 是啊。安全帽放在玄關之類的固定地方比較好。

F： 那麼，我們快去買吧。

兩人在對話後決定要買什麼？

ア　　イ　　オ

正解：1

 重點解說

1)「電池がいらないのにする」中的「～にする」有決定做～的意思。

2番 MP3 03-03-02

会社で男の人と女の人が話しています。太らない食べ方はどれですか。

M： あれ、岡野さん、ダイエットやめたんですか？目標達成したんだ。

F： それはまだなんだけど、ダイエットって食べる量だけじゃなくて、順番も関係あるってテレビで言ってたの。

M： ああ、ご飯やお肉や野菜を一口ずつ順に食べていくのが栄養の吸収にはいいって言いますよね。

F： そうそう、でも、それだと太っちゃうらしいのよ。

M： へえ、じゃ、ハンバーグ定食なら、先にハンバーグを全部食べちゃうとか？

F： そうなの。最初は野菜で、ご飯は最後が鉄則らしい。食べる前にミルクを飲むのもいいらしいよ。この方法を紹介してた先生はそれで5キロやせたんだって。

太らない食べ方はどれですか。
1. 野菜、肉、ご飯、牛乳の順番で食べる
2. 肉、野菜、牛乳、ご飯の順番で食べる
3. 牛乳、野菜、肉、ご飯の順番で食べる
4. 牛乳、肉、野菜、ご飯の順番で食べる

公司裡男人與女人正在說話。不會導致肥胖的吃法是哪一個呢？

M： 咦，岡野小姐，妳已經停止減肥計畫了嗎？看來目標達成了呀。

F： 離目標達成還早呢。不過所謂的減肥並非只是專注於食量而已喔，電視上說跟吃的順序也有關係。

M： 啊，有說過飯或肉或蔬菜以各一口的順序吃的話對營養吸收比較好。

F： 對對，不過，那樣吃的話好像還是會胖喔。

M： 哦，那麼，例如吃漢堡排定食的話，先把漢堡排全部吃完這樣嗎？

F： 是的。不過一開始先吃蔬菜，最後才吃飯似乎是減肥的鐵則。吃之前先喝個牛奶好像也不錯的樣子喔。介紹這個方法的老師據說因此減了5公斤。

不會導致肥胖的吃法是哪一個呢？
1. 以蔬菜、肉、飯、牛奶的順序吃
2. 以肉、蔬菜、牛奶、飯的順序吃
3. 以牛奶、蔬菜、肉、飯的順序吃
4. 以牛奶、肉、蔬菜、飯的順序吃

正解：3

3番 🎧 MP3 03-03-03

工場の人がアルバイトの学生に話しています。学生はまず何をしなければなりませんか。

F ： では、きょうの仕事について説明します。この工場ではお菓子を作っていますので、まず、作業をする服に着替えてください。それから、工場で社員から仕事のやり方を聞いて、作業してください。隣の部屋には一人に一つずつロッカーを準備しています。カギはさっき名前を記入した時にもらっていますよね。カギと同じ番号のロッカーを使ってください。着替えてから、手袋をする前にしっかり手を洗うのを忘れないようにしてくださいね。

学生はまず何をしなければなりませんか。

1. 作業用の服を着る
2. 仕事を教えてもらう
3. ロッカーのカギをもらう
4. 手を洗う

工廠的人員正在和打工的學生說話。學生首先必須做什麼？

F ： 那麼，我開始說明今天的工作。本工廠是生產零食的，所以首先請換上作業服。然後，請向工廠內的正式員工打聽工作的方法，並開始作業。我們在隔壁的房間內為每個人準備了一個置物櫃。剛才你們在寫下自己姓名時都有拿到鑰匙了吧。請使用與鑰匙同一號碼的置物櫃。換裝完成後，戴上手套前請別忘了確實地把手洗乾淨喔。

學生首先必須做什麼？

1. 穿著作業用服裝
2. 向別人請教如何工作
3. 拿到置物櫃的鑰匙
4. 洗手

正解：1

199

4番 MP3 03-03-04

会社で男の人と女の人が話しています。男の人は何をあげることにしましたか。

M： 森さん、姉の子供が今度小学校に入るんだけど、お祝い、何がいいかな。

F： わたしは友達の子供に図書カードをあげたよ。本が大好きな子だったから。

M： なるほどね。でも、あんまり本、読んでるとこ見たことないんだよね。やっぱり、お金のほうがいいかな。何が好きかわからないから。

F： 現金もいいけど、やっぱりもののほうがうれしんじゃないかな。

M： そうだよな。時計はどう？

F： 遊びに行くときにしか使えないんじゃない？学校は禁止でしょ。
あっ、そうだ。鉛筆は？

M： 鉛筆なんてもらっても喜ばないだろう。

F： 今は名前を入れて贈ることもできるのよ。

M： へえ。じゃ、現金といっしょにあげようかな。1）どうせなら、学校で使ってもらえるものの方がいいからね。

男の人は何をあげることにしましたか。
1. 図書カードとお金
2. 図書カードと鉛筆
3. 時計と鉛筆
4. お金と鉛筆

在公司裡男人與女人正在說話。男人決定選擇送什麼呢？

M： 森小姐，我姊的小孩不久就要進小學就讀了。該送什麼祝賀的禮物好呢？

F： 我是給朋友的小孩圖書卡喔。因為是個喜歡閱讀的小孩子。

M： 原來如此。不過，我沒怎麼看過我姊的小孩在閱讀耶。我想還是送現金好了。因為人家喜歡什麼其實我也不知道。

F： 現金也可以，不過我覺得還是送禮物對方會比較高興吧。

M： 嗯，也是。送手錶如何呢？

F： 那不是去玩時才能使用嗎？學校內禁止使用吧。
啊，對了。鉛筆如何？

M： 得到鉛筆大概也不會高興吧。

F： 現在可以在禮物上刻上名字後送給別人喔。

M： 是喔。那麼，我想連現金一起送好了。無論如何，送人家可以在學校使用的東西比較好吧。

男人決定選擇送什麼呢？
1. 圖書卡與現金
2. 圖書卡與鉛筆
3. 手錶與鉛筆
4. 現金與鉛筆

正解：4

 **重點解說**

1）因為是在學校裡可以使用的東西，所以是鉛筆。不是手錶。

5番 MP3 03-03-05

会社で男の人と女の人が話しています。男の人はこの後、何を注文しますか。

M：きょう、明日中に届けてもらうもののリストなんだけど。

F：急に必要な分ね。あさっての会議に名札のホルダーが要るんだったね。でも、こんなには必要ないよ。その半分くらいでいいかな。

M：半分ね。

F：それから、ボールペンは数はこのままでいいね。あれっ、マーカー、まだ残ってたでしょ。

M：会議に使うから必要なんじゃないかと思ったんだけど。

F：それなら、まだあるから、1）今回はいいわ。ふせんも定期的に配達してもらってる分で間に合うと思う。

M：わかった。コピー用紙も定期的に届けてもらってるけど、会議用の資料に大量にコピーしたんだ。

F：じゃ、念のため、頼まないとね。

（公司裡男人與女人正在說話。男人在對話後，要訂什麼呢？）

公司裡男人與女人正在說話。男人在對話後，要訂什麼呢？

M：這是今明兩天內會送到的東西的列表。

F：我們只要急需使用的必要之量就行。後天的會議上要用到證件套呢。不過，不需如此多喔。原定的一半左右就可以吧。

M：一半就可以嗎。

F：原子筆維持這個數量就行。咦，麥克筆，應該還有剩吧？

M：因為會議上要使用所以我想必須要訂吧。

F：這樣的話，因為還有，這次就不用了。便條紙因為也是廠商會定期送來所以應該不需要。

M：好的。我知道了。影印用紙雖然也是定期會送來，不過為因應會議上的資料需要大量影印。

F：那麼，為求保險，還是必須要訂。

男の人はこの後、何を注文しますか。

ア	
イ	
ウ	
エ	
オ	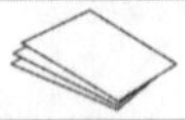

1. ア　イ　ウ
2. イ　ウ　エ
3. ウ　エ　オ
4. ア　イ　オ

男人在對話後，要訂什麼呢？

正解：4

重點解說

1）「今回はいいわ」（這次就免了）的「～はいい」是不要的意思。

6番　MP3 03-03-06

男の学生と女の学生が話しています。男の学生は留学前に何をしますか。

F：留学の日が迫ってきたね。日本語の勉強してる？

M：卒業してからも忘れないように自分で勉強してるよ。

F：覚えるのは時間がかかるけど、忘れるのはあっという間だもんね。留学先って東京？

M：ううん、京都。留学する前に大学を見ておきたかったんだけど。

F：そう。日本の生活に早く慣れるといいね。

男學生與女學生正在對話。男學生在留學前要做什麼？

F：出發去留學的日子快到了耶。有在學習日文嗎？

M：畢業後為了不忘掉都有在自修喔。

F：要記下來雖然很花時間，但要忘掉則是瞬間的事呀。你是要去東京留學嗎？

M：不。去京都。原本留學前想事先看看大學的。

F：這樣啊。早點習慣日本的生活就好了呢。

M：それがちょっと心配だから、ちょっと勉強するつもりなんだ。

F：日本の文化とか習慣とか？

M：ううん、この前、先輩に日本の食事が口に合わなくて困ったから、自炊もできるようにしておいたほうがいいって言われたんだ。

F：へえ、じゃ、ちゃんと習って練習しなきゃね。

男の学生は留学前に何をしますか。

1. 日本語の学校で勉強する
2. 料理を習う
3. 留学する学校を見に行く
4. 先輩に話しを聞きに行く

M： 因為我有點擔心能否習慣，所以打算學習一些東西。

F： 日本文化或者生活習慣之類的嗎？

M： 不。前陣子，前輩跟我說他因為日本的伙食不合胃口而有些傷腦筋，所以要我能夠自己煮飯會比較好。

F： 哦，那麼，必須要好好地學做飯並勤加練習囉。

男學生在留學前要做什麼？

1. 在日本語學校學習

2. 學料理

3. 去看留學的學校

4. 去聽前輩的話

正解：2

問題2

1番 MP3 03-03-08

会社で男の人と女の人が話しています。女の人はいつ桜を見に行きますか。

F：そろそろ桜の時期ですけど、今年こそは山全体に咲く桜が見られる吉野山に行きたいと思ってるんですよ。増田さん、そちらのご出身でしたよね。

M：ええ、山の下から順に、真ん中、頂上付近へと順々に咲いていくので、きれいですよ。平均的には下の方は4月の上旬くらいかな。真ん中が10日前後、山の上のほうが中旬くらいですよ。

F：できれば、山全体に桜が咲いているころを狙っていきたいんですけど。

M：それなら、山の中ほどが満開のころがいいと思いますよ。その頃なら、上の桜が咲き始めて、下の桜は散り始めてるから、きれいですよ。

F：いいですね。今年はなかなか暖かくならないから、いつもよりちょっと遅らせて、中旬くらいに行こうかな。

M：うーん、急に暖かくなることもあるから、どうかな。あっ、でも、もし下の桜が散った後だったら、山の奥の桜を見に行ってみてください。そこは一番最後に咲くので、4月20日くらいまで見られると思いますよ。

公司裡男人與女人正在對話。女人將在何時去看櫻花呢？

F：差不多是櫻花盛開的時節了。今年一定要去可以看到滿山開遍櫻花的吉野山。增田先生，你是那裡出身的人吧。

M：是啊。依序將從山下、山腰、然後往山頂一路綻放，非常漂亮喔。一般而言山下將在4月上旬左右開花，山腰則是在10日前後，山頂則在中旬左右喔。

F：可以的話，我想在整座山開滿櫻花的時候去看。

M：那樣的話，則在山腰滿開的時節去將會很棒喔。要是在那個時節，山頂的櫻花正要開始開花，山下的櫻花則開始凋落，很漂亮喔。

F：好耶。不過因為今年不大溫暖，我還是比以往稍晚些，大概中旬左右再去吧。

M：這個嘛……因為有時也是會突然變暖，該怎麼辦好呢……啊，要是山下的櫻花凋落了的話，請試著去看深山中的櫻花。那裡的櫻花是最晚開的，所以我想在4月20日左右前都看得到吧。

F ： そうですか。でも、山全体に見られるころにします。

女の人はいつ桜を見に行きますか。
1. 4月のはじめごろ
2. 4月の10日ごろ
3. 4月の中ごろ
4. 4月の20日ごろ

F ： 這樣啊……不過，我還是決定在能看到整座山開滿櫻花的時候去。

女人將在何時去看櫻花呢？
1. 4月開始的時候
2. 4月10日左右
3. 4月中的時候
4. 4月20日左右

正解：2

2番 MP3 03-03-09

女の人と男の人が話しています。女の人が今通っている音楽教室を選んだ一番の理由は何ですか。

M ： バイオリンのレッスンよく続いてるね。今度、ぜひ聞かせてよ。

F ： まだまだ聞かせられるほどじゃないよ。でもね、私のクラスはグループレッスンだから友達もできたし、先生も丁寧にわかりやすくおしえてくださるから、プレッシャーもなくて、楽しいの。

M ： ふーん、でも、楽器はもちろん学費も結構かかるんじゃないの？

F ： お稽古代は安くはないけど、バイオリンをただでくれるの。1) それが何よりだったわ。初心者にとっては便利よ。

M ： そうなんだ。僕も通おうかな。ギターを習ってみたいんだ。

女人與男人正在對話。女人之所以選擇現在所去的音樂教室理由中最重要的理由為何？

M ： 妳一直持續在上小提琴的課程耶。下次請務必演奏讓我聽喔。

F ： 還不到可以演奏讓人聽的程度啦。但是呀，因為我們班是團體課程所以我也交到了朋友。因為老師也會詳細易懂地教我，所以學起來沒有壓力，很快樂喔。

M ： 這樣啊。不過，樂器就不用說了，學費也相當貴吧？

F ： 學費雖然不便宜，但可以免費得到小提琴喔。這點真是太棒了。對初學者而言真是方便。

M ： 是喔。我也想參加了。想學吉他試試。

205

女の人が今通っている音楽教室を選んだ一番の理由は何ですか。

1. 学費が安いから
2. いろいろな人と知り合えるから
3. いい教師がそろっているから
4. 楽器がもらえるから

女人之所以選擇現在所去的音樂教室理由中最重要的理由為何。

1. 因為學費便宜
2. 因為可以與各式各樣的人相遇
3. 因為聚集了好老師
4. 因為可以得到樂器

正解：4

 重點解說

1）因為「何より」（最好、最棒）所以是第 1 個選項的意思。

3番 MP3 03-03-10

女の人と男の人が話しています。男の人はどうしてあまりお酒を飲まないのですか。

F：きのううちの課長が最近の若い人はお酒をあまり飲まないって言ってたわ。

M：そうかもしれないね。僕も飲まないわけじゃないけど、飲みに行く時間もあまりないし。

F：そんなに仕事がいっぱいあるの？

M：いや、自分の時間を大切にしたいってこと。

F：ああ、友達と飲みながらおしゃべりするのは楽しいけど、趣味のための時間も大事だよね。

M：そうそう、趣味には時間もお金もかかるから、お酒にかけるお金がその分少なくなるんだ。

F：お酒を飲んで上司の悪口を言うのもかっこ悪いしね。

女人與男人正在對話。男人為什麼不常喝酒呢？

F：昨天我課長說最近的年輕人不大喝酒。

M：可能如他所說的吧。我也不是不喝酒，但沒什麼去喝酒的時間。

F：工作有那麼多嗎？

M：不是的。是我想妥善利用自己的時間。

F：啊，我懂。與朋友邊喝酒邊聊天雖然很快樂，但花在自己嗜好的時間也很重要呢。

M：對呀對呀。因為嗜好又花時間又花金錢，所以能花在喝酒這事上的錢就變少了。

F：喝了酒後說上司的壞話也不是什麼帥氣的事情呢。

男の人はどうしてあまりお酒を飲まないのですか。

1. 上司が好きではないから
2. 趣味のほうが大切だから
3. 仕事が忙しいから
4. かっこ悪いから

女人與男人正在對話。男人為什麼不大喝酒呢？

1. 因為不喜歡上司。
2. 因為更加珍視自己的嗜好。
3. 因為工作很忙。
4. 因為不帥氣。

正解：2

4番 MP3 03-03-11

女の人と男の人が話しています。女の人はどうして写真を撮るのですか。

M： 中西さん、いつも写真撮ってるね。

F： 私は毎日の日記として撮ってるだけなの。それを見ると、その日がどんな日だったかあとから見直したときもすぐにわかるから。

M： そっか。でも、その中からいいものを選んでコンテストに応募すればいいのに。なんかもったいないな。

F： そんな腕はないよ。仕事の合間にちょこちょこ撮るだけでいいの。

M： でも、写真に興味があるんでしょ。

F： そうね。将来はいいカメラを買いたいし、もっと上手に撮れればいいなって思うけどね。

女人與男人正在說話。女人為什麼要拍照呢？

M： 中西小姐，妳總是在拍照呢。

F： 我只是將拍照當成每天的日記喔。看到這些照片，日後回顧時也可以很清楚那些日子是怎麼過。

M： 這樣啊。其實妳也可以從那些照片中選出些佳作來參加攝影大賽呀。不然有些可惜。

F： 我技術沒那麼好啦。只要能在工作之餘隨手拍來拍去就很滿足了。

M： 不過，妳應該是對拍照很有興趣吧。

F： 是啊。將來也想買部好相機，若能拍得更棒就更好了。

207

女の人はどうして写真を撮るのですか。

1. 記録として残したいから

2. コンテストに出したいから

3. 写真を撮るのが仕事だから

4. 技術を向上させたいから

女人為什麼要拍照呢？

1. 因為想留下紀錄

2. 因為想參加攝影作品大賽

3. 因為拍照就是工作

4. 因為想提升攝影的技術

正解：1

5番 MP3 03-03-12

女の人と男の人が話しています。あさって、九州の天気はどうなりますか。

F：きょうは風があってそんなに暑くないね。

M：台風の影響だよ。ほら、ネットのニュースの台風情報。1）２９日には沖縄で強い雨が降ったり、強い風が吹くって書いてあるよ。

F：2）あさってね。じゃ、九州にも来るかもね。

M：その次の日くらいじゃないか。3）２９日はまだ雨も風も強くないだろうから、台風の準備をしとかないと。

F：30日は金曜日だから激しい雨と風の中を会社に行かなきゃなんないかもね。やだな。

女人正在跟男人說話。後天，九州的天氣會變得怎樣呢？

F：今天有風所以沒那麼熱呢。

M：這是因為颱風的影響喔。妳看，網路上新聞報導有颱風情報。上面寫著在 29 日沖繩會下大雨，並吹起強風喔。

F：後天是吧。那麼，可能也會來九州吧。

M：就是登陸沖繩後的隔天左右吧。因為 29 日應該還不會風強雨大，所以必須要做防颱準備。

F：30 日是週五所以可能必須在狂風暴雨中進公司呢。真討厭。

あさって、九州の天気はどうなりますか。

1. 雨は降らないが強い風が吹く

2. 風は強くないが強い雨が降る

3. 雨も風も強くない

4. 雨も風も強くなる

後天，九州的天氣會變得怎樣呢？

1. 不會下雨但會吹強風

2. 風雖不強但會下大雨

3. 風雨都不強

4. 風雨都會變強

正解：3

6番 🎧 MP3 03-03-13

男の人が話しています。男の人が働く目的は何ですか。

M： 働く目的ですか。社会に出て 4 年目なんですけど、生活をするためにお金がいるからとか、1）人に必要とされる仕事をしたいとかいう人がいますよね。ああ、それから家族など自分が大切にしている人のために働いているっていう人もいますが、まだ独身なので、そういう意識もあまりね。ただ仕事は好きですよ。新入社員のころに比べると仕事も早く正確にできるようになってきたと思います。何だろう、まあ、自分を高めるためですかね。それで将来、自分の理想の会社が作れたらいいなあ。まあ、これは夢ですけど。

男の人が働く目的は何ですか。
1. 生活するのにお金が必要だから
2. 誰かの役に立ちたいから
3. 自分を成長させるため
4. 家族や子供が大切だから

男人正在說話。男人工作的目的是什麼？

M： 要說我工作的目的嗎？我出社會已經第 4 年了，有看過那種需要錢過生活的人，也看過有人想做被人所需要的工作。啊，對了，然後也有那種為了家人等等重要的人而工作。我因為還是單身，所以沒有那種意識，我只是單純喜歡工作。比起當新進社員時，我想我現在已經可以更快更正確的完成工作。這是為何呢？應該是因為提高了自己的能力所致吧。將來，若能開創自己理想的公司就太棒了。當然，一切還都只是夢想而已。

男人工作的目的是什麼？
1. 因為為了生活所以需要錢
2. 因為想對某人而言是有用的
3. 為了想讓自己成長
4. 因為家人及小孩很重要

正解：3

問題3

1番 (MP3) 03-03-15

会社で男の人と女の人が話しています。

M： あのう、山田さん、今お忙しいですか。

F： 今、会議の資料を作ってるんですけど、何ですか。

M： 先日いろいろアドバイスしていただいた新商品のことなんですけど。

F： ああ、試作品ができたんですか。

M： ええ、おかげさまで何とかできまして。

F： そうですか。

M： それで、ケーキに詳しい山田さんに感想を聞かせていただきたいと思いまして、10分ほどお時間をいただけませんか。1) 味見をしていただけるとうれしいんですが。

F： 2) おいしそうですね。喜んでお手伝いさせていただきます。

男の人は女の人に何を頼んでいますか。

1. 試作品を作ってみてほしい
2. 試作品を食べてみてほしい
3. 試作品を見てほしい
4. 試作品の感想を聞いてほしい

公司裡男人與女人正在對話。

M： 那個，山田小姐，現在正在忙嗎？

F： 現在正在做會議的資料，有什麼事嗎？

M： 是關於前幾天承蒙惠賜各種建議的新商品的事。

F： 啊，試作商品完成了嗎。

M： 是的。託您的福總算完成了。

F： 嗯，這樣啊。

M： 所以，我想讓蛋糕專家的山田小姐為我提供些感想。可以耽誤妳 10 分左右的時間嗎？若能幫我嚐嚐味道我會很高興的。

F： 看起來很好吃的樣子呢。請讓我幫忙，我很樂意喔。

男人向女人拜託什麼事呢？

1. 希望幫忙做試作商品。
2. 希望幫忙品嚐試作商品。
3. 希望幫忙看試作商品。
4. 希望幫忙聽試作品的感想。

正解：2

! 重點解說

1）或 2）可以知道說的是吃這件事。

2番 MP3 03-03-16

おんな ひと はな
女の人が話しています。

F ： 仕事をしているとき、いい考えが浮かばなくて困ったことはありませんか。机から離れたり、散歩をしたりしているときにいいアイディアを思いつくこともありますが、1）急いで考えなければならないときもありますよね。そんなときはどうやればいいのでしょうか。ある人はしりとりをして言葉をたくさん並べてみるといいと言います。その言葉から仕事のアイディアを出し、その中から使えそうな候補を選んでいきます。これなら、簡単なのでバスや電車の中など移動中にもできて便利ですね。

女人正在說話。

F ： 在工作時因為無法浮現好的想法而感到傷腦筋，你有無這樣的經驗呢？這時離開辦公桌啦、散步啦都有助於思索出好點子。即便如此，也有必須緊急思索出好點子的時候吧。這時候該怎麼辦好呢？有些人說此時玩文字接龍並把完成的語彙試著大量地並排在一起是不錯的。從這些語彙中找出工作上的好構想，並從中選出看起來可用的部分。這樣做的話，因為很簡單，所以在巴士或電車上等通勤移動時也可以做，非常方便。

おんな ひと なに はな
女の人は何について話していますか。

1. いいアイディアが浮かぶ場所について
2. たくさんのアイディアを考える方法について
3. 短時間でアイディアを考える方法について
4. バスや電車の中でアイディアを考える方法について

女人正在說關於什麼事呢？

1. 關於浮現好點子的場所。
2. 關於想出眾多好點子的方法。
3. 關於在短時間內想出好點子的方法。
4. 關於在巴士或電車中想出好點子的方法。

正解：3

！ 重點解說

從1）「急いで考えなければならないとき」（必須緊急思索出好點子的時候）這句話可知3就是答案。

3 番 🎧 MP3 03-03-17

駅で男の人と女の人が話しています。

F ： この間改札を出ようと思ったら、切符が見つか
らなくてね。

M ： それでどうしたの？どこから乗ったのか聞かれ
ただろう。降りる駅の一駅前から乗ったって
言ったの。

F ： まさか駅員さんに正直に話したわ。家の最寄り
駅から乗ったから結構払わなきゃならないって
覚悟したんだけど。

M ： けど？
F ： 今度から気をつけてくださいって。
M ： 払わなくてよかったの？よかったね。

F ： うん、うそをついてないってわかってもらえて、
うれしかった。

女の人がうれしかったことは何ですか。
1. お金を払わなくてもよかったこと
2. 駅員にうそをつかなかったこと
3. 駅員に怒られなかったこと
4. 駅員が信じてくれたこと

車站內男人與女人正在說話。

F ： 前幾天有次正想從車站收票口出來時，卻發現車票不見了。

M ： 結果怎麼樣呢？應該被問了從哪裡開始搭乘吧。妳是不是說從下車那站的前一站開始搭乘呢？

F ： 怎麼會呢我跟車站人員老實說呢。因為是從離我家最近的車站開始搭乘，所以我已經有覺悟必須付不少。但結果……

M ： 但結果？
F ： 結果只對我說下次請注意。
M ： 不用付錢沒關係嗎？真是太好了。
F ： 嗯，對方知道我沒說謊，我真高興。

女人為什麼事而高興？
1. 因為不用付錢而覺得很棒。
2. 沒對車站人員說謊。
3. 車站人員沒生氣。
4. 被車站人員信任。

正解：4

問題4

1番 (MP3) 03-03-19

F： 電気店で中国語の説明書がほしいです。何と言いますか。

M： 1. あのう、中国語の説明書をもらってください。
2. すみません、中国語の説明書がありますか。
3. えっと、中国語の説明書をもらいましょうか。

F： 在電器行想要中文說明書時該說什麼？

M： 1. 那個，請拿中文說明書。
2. 抱歉，有中文說明書嗎？
3. 那個，我來去拿中文說明書吧。

正解：2

🔍 重點解說

「もらいましょうか」使用於自告奮勇（要不要我幫您拿），或勸誘對方一起做（我們一起拿吧），以及因為被對方催促於是自己做（你希望我拿說明書的話，我來拿吧）等場合。

2番 (MP3) 03-03-20

M： 桜がきれいなので、友達といっしょに花見に行きたいです。何と言いますか。

F： 1. あしたお花見でもどうですか。

2. あした桜を見に行くのはどうしてですか。
3. あした桜を見に行ったらどうですか。

M： 因為櫻花美麗綻放，想與朋友一起去賞花。應該說什麼呢？

F： 1. 我們明天一起去賞花之類的如何呢？
2. 明天去賞櫻是為什麼呢？
3. 要不你明天去賞櫻的話如何呢？

正解：1

🔍 重點解說

選項3的「動詞（夕形）ら＋どうですか」並非表示一同行動，而是單純向對方提議時的說法。

213

3番 (MP3) 03-03-21

F ： 上司もコーヒーが飲みたいかどうか聞きます。
何と言いますか。

M ： 1. 課長、コーヒーが飲みたいですか。
2. 課長、コーヒーを入れてくれませんか。
3. 課長、コーヒーはいかがですか。

F ： 想問上司想不想喝咖啡時該說什麼呢？

M ： 1. 課長，你想喝咖啡嗎？
2. 課長，能為我泡咖啡嗎？
3. 課長，來杯咖啡如何呢？

正解：3

🔍 重點解說

選項 1 的「V（マス形）たい」不能使用於對上位者問話時。

4番 (MP3) 03-03-22

M ： 会社で上司が旅行のおみやげをくれました。何と言いますか。

F ： 1. わざわざ、すみません。
2. よかったら、召し上がってください。
3. いつもお世話になっております。

M ： 在公司裡，從上司那得到了伴手禮。應該說什麼呢？

F ： 1. 特意送給我真是不好意思。
2. 不介意的話請享用。
3. 總是承蒙您的關照。

正解：1

問題5

1番 🎧 MP3 03-03-24

M： 仕事が終わらなくて、頭が痛いよ。

F： 1. 頭が痛いなら仕方ないよ。

2. それじゃ、休みの日も会社に来るしかないね。

3. 急に仕事を頼んできたほうが悪いでしょ。

M：	工作沒完成，頭好痛喔。
F：	1. 頭痛的話就沒辦法了。
	2. 那麼，休假日也只好來公司了。
	3. 突然跑來拜託別人工作是不好的吧。

正解：2

2番 🎧 MP3 03-03-25

F： 松本さんなら、パーティーには来ないはずですよ。

M： 1. 1) <u>じゃ、会わないわけにはいきませんね。</u>

2. せっかくなんだけど、パーティーには出席できないんですよ。

3. 会えると思ったのに、残念だなあ。

F：	松本先生的話，應該不會來參加派對喔。
M：	1. 那麼，必須要跟他見面囉。
	2. 雖然是很難得的機會，但我無法參加這次派對耶。
	3. 我一直以為可以與他見面的。真是可惜呀。

正解：3

❗🔍 重點解說

1) 「会わないわけにはいきません」是義務或者不得不相會的意思。

3番 (MP3) 03-03-26

M ： すみません、箸を落としちゃったんですけど。

F ： 1. お客様、すぐお持ちいたします。

　　　2. お客様、それはいけませんね。

　　　3. お客様、すぐにお持ちください。

M ： 抱歉，我的筷子掉了。

F ： 1. 客人，我馬上去拿來。

　　　2. 客人，這樣不行喔。

　　　3. 客人，請立刻拿過來。

正解：1

4番 (MP3) 03-03-27

F ： 日本で日本語が通じるかどうか心配。

M ： 1. どうにかなるよ。

　　　2. どうでもいいよ。

　　　3. どうしようもないよ。

F ： 我有些擔心在日本時我的日語有沒有辦法用來溝通。

M ： 1. 一切都會沒問題的喔。

　　　2. 不管怎樣都沒差啦。

　　　3. 無可奈何呀。

正解：1

5番 (MP3) 03-03-28

M ： 教科書以外にこの本も買わなきゃいけないの。

F ： 1. そんな本買わなければいいのに。

　　　2. その本は買っちゃいけなかったのに。

　　　3. その本なら買わなくていいよ。

M ： 除了教科書之外，這本書也必須要買嗎？

F ： 1. 那種書明明不買就好了。

　　　2. 那本書明明不能買的呀。

　　　3. 那本書的話不買也可以喔。

正解：3

6番 MP3 03-03-29

F :	言いたいことがあるなら、言ってみたら。	F :	若有想說的話，試著說出來看看如何呢？
M :	1. うん、言ってすっきりしたよ。	M :	1. 嗯，說出了心裡會暢快些喔。
	2. そうだね。じゃ、頼むね。		2. 是啊，那麼，拜託你了。
	3. でも、なかなか言い出せなくて。		3. 但是，實在說不出口。

正解：3

7番 MP3 03-03-30

M :	これつまらないものですが、どうぞ。	M :	都是些不成敬意的東西，請享用。
F :	1. 気がつかなくてすみません。	F :	1. 抱歉我沒注意到。
	2. 気をつかわせてすみません。		2. 抱歉讓您費心了。
	3. すみません、気をつけてください。		3. 抱歉，請您注意。

正解：2

8番 MP3 03-03-31

F :	1) この資料を会議室に運ばないと。	F :	這些資料必須搬運到會議室。
M :	1. なんだ。運ばなくていいんですか。	M :	1. 不會吧。不搬可以嗎？
	2. 資料なら、さっき運んでおきましたよ。		2. 資料的話，剛才已經搬過去囉。
	3. よかったら、運びましょうか。		3. 不介意的話，我來搬運過去吧。

正解：3

 重點解說

1) 「運ばないと」是「運ばないといけない」（必須要搬）的意思。

9番 MP3 03-03-32

M： 来週、お目にかかりたいんですが。

F： 1. では、水曜日にお越しください。

2. わかりました。いつでもご覧ください。

3. そうですね。週の初めに拝見します。

M： 下周，想與您見面。

F： 1. 那麼，請您週三時來吧。

2. 好吧。請您隨時都能來看。

3. 這個嘛。週日時我看看。

正解：1

解答用紙

N3

にほんごのうりょくしけん かいとうようし

ちょうかい

じゅけんばんごう
Examinee Registration Number

なまえ
Name

〈ちゅうい Notes〉
1. くろい えんぴつ (HB、No.2) で かいて ください。
（ペンや ボールペンでは かかないで ください。）
Use a black medium soft (HB or No.2) pencil.
(Do not use any kind of pen.)
2. かきなおす ときは、けしゴムで きれいに けして ください。
Erase any unintended marks completely.
3. きたなく したり、おったり しないで ください。
Do not soil or bend this sheet.
4. マークれい Marking examples

よい れい Correct Example	わるい れい Incorrect Examples
●	⊘ ⊖ ⊘ ⊙ ⦻ ●

もんだい 問題 1

	①	②	③	④
れい	●	②	③	④
1	①	②	③	④
2	①	②	③	④
3	①	②	③	④
4	①	②	③	④
5	①	②	③	④
6	①	②	③	④

もんだい 問題 2

	①	②	③	④
れい	①	●	③	④
1	①	②	③	④
2	①	②	③	④
3	①	②	③	④
4	①	②	③	④
5	①	②	③	④
6	①	②	③	④

もんだい 問題 3

	①	②	③	④
れい	●	②	③	④
1	①	②	③	④
2	①	②	③	④
3	①	②	③	④

もんだい 問題 4

	①	②	③
れい	①	●	③
1	①	②	③
2	①	②	③
3	①	②	③
4	①	②	③

もんだい 問題 5

	①	②	③
れい	①	●	③
1	①	②	③
2	①	②	③
3	①	②	③
4	①	②	③
5	①	②	③
6	①	②	③
7	①	②	③
8	①	②	③
9	①	②	③

解答用紙

にほんごのうりょくしけん かいとうようし

N3
ちょうかい

じゅけんばんごう
Examinee Registration
Number

なまえ
Name

もんだい 問題 1

	れい	1	2	3	4	5	6
	● ② ③ ④	① ② ③ ④	① ② ③ ④	① ② ③ ④	① ② ③ ④	① ② ③ ④	① ② ③ ④

もんだい 問題 2

	れい	1	2	3	4	5	6
	① ● ③ ④	① ② ③ ④	① ② ③ ④	① ② ③ ④	① ② ③ ④	① ② ③ ④

もんだい 問題 3

	れい	1	2	3
	① ● ③ ④	① ② ③ ④	① ② ③ ④	① ② ③ ④

もんだい 問題 4

	れい	1	2	3	4
	① ② ③	① ② ③	① ● ③	① ② ③	① ② ③

もんだい 問題 5

	れい	1	2	3	4	5	6	7	8	9
	① ② ③	● ② ③	① ② ③	① ② ③	① ② ③	① ② ③	① ② ③	① ② ③	① ② ③	① ② ③

解答用紙

にほんごのうりょくしけん かいとうようし

N3
ちょうかい

じゅけんばんごう
Examinee Registration
Number

なまえ
Name

〈ちゅうい Notes〉

1. くろい えんぴつ (HB、No.2) で かいて ください。
（ペンや ボールペンでは かかないで ください。）
Use a black medium soft (HB or No.2) pencil.
(Do not use any kind of pen.)

2. かきなおす ときは、けしゴムで きれいに けして
ください。
Erase any unintended marks completely.

3. きたなく したり、おったり しないで ください。
Do not soil or bend this sheet.

4. マークれい Marking examples

よい れい Correct Example	わるい れい Incorrect Examples
●	⊘ ⊙ ⦸ ○ ◑ ◐ ①

もんだい 問題 1

	1	2	3	4
れい	①	●	③	④
1	①	②	③	④
2	①	②	③	④
3	①	②	③	④
4	①	②	③	④
5	①	②	③	④
6	①	②	③	④

もんだい 問題 2

	1	2	3	4
れい	①	②	③	④
1	①	●	③	④
2	①	②	③	④
3	①	②	③	④
4	①	②	③	④
5	①	②	③	④

もんだい 問題 3

	1	2	3	4
れい	●	②	③	④
1	①	②	③	④
2	①	②	③	④
3	①	②	③	④

もんだい 問題 4

	1	2	3
れい	①	●	③
1	①	②	③
2	①	②	③
3	①	②	③
4	①	②	③

もんだい 問題 5

	1	2	3
れい	①	●	③
1	①	②	③
2	①	②	③
3	①	②	③
4	①	②	③
5	①	②	③
6	①	②	③
7	①	②	③
8	①	②	③
9	①	②	③

模擬試卷　詳解

聴解スクリプト

模擬試卷　スクリプト詳解

問題1	1	2	3	4	5	6		
	2	1	3	1	1	3		
問題2	1	2	3	4	5	6		
	4	3	1	4	2	4		
問題3	1	2	3					
	1	3	3					
問題4	1	2	3	4				
	2	3	1	1				
問題5	1	2	3	4	5	6	7	8	9
	1	3	2	3	2	1	3	2	2

（M：男性　F：女性）

問題1

1番 MP3 03-04-02

美術館で女の人と男の人が話しています。女の人はこれから、どこへ行きますか。 M： いい展覧会だったね。ちょっとお腹空かない？ F： そうねえ。ずっと見てたから、足も疲れたな。お昼にしようか。 M： ここの1階に庭に面したレストランがあるんだよ。	在美術館內女人與男人正在說話。女人接下來要去哪裡呢？ M： 真是一個不錯的展覽會呢。妳肚子會不會有點餓呢？ F： 是啊。因為光顧著看展，腳也累了。我們去吃午餐吧。 M： 這裡的1樓有可以看到庭園的餐廳喔。

226

F：写真を撮りたいって言ってた庭ね。いいね。そこにしよう。悪いけど、先に行っててくれる？その前に絵葉書買いたいんだ。さっきの絵すごくよかったから。

F：是我剛才說想拍照的庭園呢。真棒！我們就決定在那裡用餐吧。不好意思，可以請你先過去嗎？我想先去買個明信片，因為剛才看的畫真的是太棒了。

M：記念品の店だね。じゃ、先に行って席取っとくよ。そんなに気に入った絵があったんだ。

M：妳要去紀念品店呀。那麼，我先過去餐廳找位子囉。妳對剛才的畫這麼中意喔。

F：うん、ここを出る前に、もう一度見ておきたいわ。いっしょにどう？

F：嗯，離開這裡前，我想再去看個一次。一起去如何？

M：うん、昼食がすんだら、見に行こうか。

M：好啊。午餐吃完後，我們一起去看吧。

女の人はこれから、どこへ行きますか。

女人接下來要去哪裡呢？

1. レストランへ行く
2. 記念品の店に行く
3. 庭へ写真を撮りに行く
4. 好きな絵を見に行く

1. 去餐廳
2. 去紀念品店
3. 去庭園拍照
4. 去看喜歡的畫

正解：2

2番 MP3 03-04-03

会社で男の人と女の人が話しています。女の人はこのあと何をしますか。

公司裡男人與女人正在說話。女人在對談後要做什麼？

M：松本さん、受付で渡す資料を封筒に入れるの手伝ってほしいんだけど。

M：松本小姐，來幫我把要在櫃台交給出席來賓的資料放入信封吧。

F：いいよ。ちょうど名札ができたところだから。名札はその資料といっしょに出席者が来たときに渡すんだよね。

F：好的。剛好名牌也完成了。出席來賓到了時，名牌與那些資料一起交給他們吧。

M：うん。あっ、名札の字、もっと大きいほうが見やすいと思うんだけど。

M：嗯。啊，名牌的字，我想再大些會較容易看得到吧。

F ： そうだね。じゃ、それを手伝ったら、作り直すよ。

M ： いや、1）<u>手伝った後じゃ、名札が間に合わないよ</u>。こっちはほかの人に頼むから。

F ： わかった。じゃ、先にやるね。あっ、忘れてた。お土産を紙袋に入れるように言われてたんだった。

M ： それは帰るときに渡すものだから、2）<u>後に回そう</u>。

女の人はこのあと何をしますか。
1. 名札を作る
2. お土産を準備する
3. 机やイスを並べる
4. 資料を封筒に入れる

F ： 好像是喔。那麼，我幫你把資料放入後，再來重作名牌吧。

M ： 不不，妳來幫我後，名牌的事就來不及囉。我來拜託其他人幫忙吧。

F ： 好的。那我先去做囉。啊，差點忘了。剛才也被要求把伴手禮放到紙袋裡。

M ： 伴手禮是來賓回去時才要發給他們的，所以待會兒再做吧。

女人在對談後要做什麼？

1. 製作名牌

2. 準備伴手禮

3. 排桌椅

4. 把資料放進信封裡

正解：1

 重點解說

1）是指，幫忙後才重作名牌的話，會趕不上會議的開始，所以名牌是談話後就要做的事。

2）的意思是指待會兒再做吧。

3番 [MP3] 03-04-04

コンビニで男の人と女の人が話しています。女の人はこの後、何を買いますか。

F ： もしもし、今、コンビニなんだけど、要るものある？

M ： パンは帰りに買ってきたよ。ちょっと冷蔵庫見てみるね……、うーん、牛乳はこれじゃ足りないな。米もなくなりかけてるよ。そうだ、トイレットペーパーもそろそろ必要かもね。

在便利商店裡男人與女人在說話。女人在對話後要買什麼呢？

F ： 喂喂，我現在在便利商店，有需要什麼嗎？

M ： 我回家時已經把麵包買回來了。我來去看一下冰箱喔……嗯，牛奶只剩這樣不夠耶，米也快吃完了。對啦，廁所用的衛生紙可能也差不多該買了喔。

F ： とりあえず牛乳は買って帰るね。本当は牛乳も重いからネットで注文してほしいけどなあ。

M ： それ以外はネットで注文しとくから、牛乳お願い。あっ、重くて悪いんだけど、ついでにビールもお願いできる？きのう飲んじゃったじゃない？

F ： しょうがないなあ。じゃ、今晩飲む分だけね。

M ： ありがとう。それから、カット野菜も。野菜がないんだよ。

F ： それって、洗ったり切ったりしなくて便利だけど高いんだよね。1）まあ、でも、ぜんぜん食べないよりましか。わかった。じゃ、すぐ帰るから。

女の人はこの後、何を買いますか。

ア	(牛乳)
イ	(米)
ウ	(トイレットペーパー)
エ	(ビール)
オ	(野菜)

1. ア　イ　ウ
2. イ　ウ　エ
3. ア　エ　オ
4. イ　ウ　オ

F ： 總之我先把牛奶買回家吧。說真的牛奶蠻重的所以我是希望能在網路上下單的說。

M ： 牛奶以外的就在網路上下單，唯獨牛奶就麻煩妳囉。啊，雖然這樣會很重有些不好意思，可以麻煩妳順便買啤酒嗎？我昨天不是都把啤酒喝光了嗎？

F ： 真拿你沒辦法。那麼，只買今天晚上的份喔。

M ： 謝謝。還有，切好的蔬菜也麻煩妳，家裡沒有蔬菜了。

F ： 那個呀，雖然不用洗不用切很方便但價格算貴呢。算啦，不過買那個總比完全不吃蔬菜來得好，我會買喔。那麼，買完馬上回家喔。

女人在對話後要買什麼呢？

正解：3

🔍 重點解說

1）「食べないよりまし」（總比沒吃來得好）是比沒吃還好一些些的意思。句子後面因為接續著「わかった」（知道了），可以知道說話者會買。

229

職員と男の学生が話しています。学生が今から準備しなければならないのはどれですか。

F： 必要書類はそろってますか。

M： たぶん、大丈夫だと思うんですが。写真は1枚でいいんですよね。先月撮ったものです。

F： ええ。あー、1) サインのところまでパソコンで打っちゃってますね。

M： 全部、手書きでなきゃだめだったんですか。

F： いえ、申込書をダウンロードして住所など必要なところをパソコンで打ち込むのはいいんですけどね。

M： わかりました。

F： 推薦書が2通と健康診断ですね。あれ？早く準備を始めすぎたのかな。2) 3か月以内のものでないと。写真や健康診断書に有効期限があるのはご存知ありませんでしたか。推薦書のほうはこれでいいですよ。

M： はい、じゃ、今から準備しなおします。

学生が今から準備しなければならないのはどれですか。
1. 申込書と健康診断書
2. 健康診断書と写真
3. 写真と推薦書
4. 申込書と推薦書

職員與男學生正在說話。學生從現在開始必須準備的是哪一個呢？

F： 必要的文件資料已備齊了嗎？

M： 我想大概都沒問題了吧。照片就貼一張可以吧，這是上個月拍的。

F： 可以喔。啊，你連簽名的地方都是用電腦打的嗎？

M： 必須全部都用手寫的嗎？

F： 不，申請書下載後，地址等必要的地方用電腦打字是可以的喔。

M： 好喔。

F： 還有兩份推薦書和健康檢查報告對吧。咦，你會不會太早就準備好這些了呢？一定要3個月內的才可以喔。照片或健康檢查報告是有有效期限的，你該不會不知道吧。推薦書這樣就可以了喔。

M： 好的，現在開始再重新準備。

學生從現在開始必須準備的是哪一個呢？
1. 申請書與健康檢查報告
2. 健康檢查報告與照片
3. 照片與推薦書
4. 申請書與推薦書

正解：1

❗ 重點解說

在1）裡可知申請書中只有簽名必須要用手寫的。2）健康檢查報告與照片必須是3個月內的東西，但因為有提到照片是上個月所拍的，所以不用重拍。

会社で男の人と女の人が話しています。男の人はこのあと何をしますか。

M： おはようございます。ご注文の品をお持ちしました。

F： ありがとう。あれ？10本入りのペンだけど、1）きのう赤のを5箱、黒を10箱頼んだんじゃなかったかな。

M： はい、こちらの注文書にはそう書いてありますが。どうかしましたか。

F： 赤と黒が逆になってる。赤が10箱入ってますよ。

M： 申し訳ありません。では、赤の多い分を持ち帰りまして、すぐに不足分をお送りします。

F： 遅くとも、明日中には届くようにお願いしますね。

男の人はこのあと何をしますか。

1. 赤を5箱持って帰って、黒を5箱送る

2. 赤を10箱持って帰って、黒を5箱送る

3. 黒を5箱持って帰って、赤を5箱送る

4. 黒を10箱持って帰って、赤を5箱送る

在公司裡男人跟女人正在說話。男人在對話後要做什麼呢？

M： 早安。我把您訂購的東西拿來了。

F： 謝謝。咦？1盒10枝的筆是沒錯，但我昨天訂的應該是紅筆5盒，黑筆10盒吧。

M： 是的。這裡的訂單也是這麼寫的，哪裡有問題嗎？

F： 紅筆跟黑筆的數量搞反了喔。紅筆現在有10盒。

M： 抱歉。那麼，我把紅筆多出來的部分帶回去。並馬上把不夠的部分帶來。

F： 那麻煩你最慢在明天的白天時間送來喔。

男人在對話後要做什麼呢？

1. 帶紅筆5盒回去，再送黑筆5盒過來。

2. 帶紅筆10盒回去，再送黑筆5盒過來。

3. 帶黑筆5盒回去，再送紅筆5盒過來。

4. 帶黑筆10盒回去，再送紅筆5盒過來。

正解：1

🔍 **重點解說**

1）「きのう赤のを5箱、黒を10箱頼んだんじゃなかったかな」中的「～んじゃなかったかな」理解成「說話者認為是～」的意思就很清楚。

先生が話しています。あした学生が持っていってもいいものは何ですか。

M： あしたの野鳥観察ですが、動きやすい服を着てきてください。観察は午前中ですが、1）帽子を忘れないように。それから、集まる場所は学校ではなくて、野鳥公園の講義室ですから、間違えないように。時間は朝9時です。そこで1時間説明を聞きますので、2）そのときに配る学習ノートにメモとりましょう。3）書くものは自分で準備してください。双眼鏡は公園で借りることになっています。カメラで野鳥を撮るのは難しいと思いますが、植物の4）撮影をしたい人は持ってきてもかまいませんよ。

老師正在說話。明天學生可以帶的東西是什麼呢？

M： 明天的課是觀察野鳥，請穿著方便活動的服裝。觀察活動是在正午前的早上的時間，所以請別忘了戴帽子。然後，我們集合的地方不是在學校而是在野鳥公園的教室，請別搞錯喔。集合時間是早上9點。在那裡我們會聽1個小時的說明，所以聽說明時請在發給各位的學習筆記本上寫些心得或紀錄吧，書寫工具請自行準備。望遠鏡我們可以跟公園借。要用相機拍野鳥雖然很困難，但想拍植物的人帶相機來也無妨喔。

あした学生が持っていってもいいものは何ですか。

ア	🎩
イ	📓
ウ	🖊
エ	🔭
オ	📷

1. ア　イ　ウ
2. イ　ウ　エ
3. ア　ウ　オ
4. ウ　エ　オ

明天學生可以帶的東西是什麼呢？

ア　　ウ　　オ

正解：3

! 重點解說

　　1）的「忘れないように」（請不要忘記）是請不要忘了帶來的意思。2）的敘述中因為有提到會發學習筆記本，所以學生不需自行帶去。因為筆記本是發的所以3）提到的書寫工具就只有筆了。4）裡的「持ってきてもかまいません」是「持ってきてもいい」（帶來也可以）的意思。

1番 MP3 03-04-09

家で男の人と女の人が話しています。男の人はどうして猫を病院へ連れていきますか。	在家裡男人與女人正在說話。男人為什麼把貓帶去醫院呢？

F ： ねえ、ナナちゃんのことなんだけど、今年もワクチンを打ってもらった方がいいかな。

M ： 注射？外に出さないで、家の中だけで飼ってる場合は毎年じゃなくてもいいらしいよ。

F ： でも、外から人間がウイルスを持ち込む可能性もあるでしょ。

M ： そんなに神経質になることないんじゃない？まだ、5歳だし。

F ： うーん、私たちよく外の猫にもエサをやったりするでしょ。

M ： ああ、その時、なでたり、さわったりしてるなあ。それなら、受けといたほうがいいかもな。じゃ、午後、僕が連れて行くよ。

F ： お願いね。

男の人はどうして猫を病院へ連れていきますか。
1. 去年、注射をしていないから
2. 飼っている猫がよく外に出るから
3. 遊びに来る人が飼っている猫をさわるから
4. 二人が外の猫をよくさわるから

F ： 欸，說到ナナ，今年也帶牠去打疫苗比較好吧。

M ： 要打針嗎？寵物若是沒出家門只在家中飼養的話，好像不用每年施打喔。

F ： 不過，從外面進到家裡的人也有可能把病毒帶進來吧。

M ： 不用那麼神經質吧。何況，牠才5歲呀。

F ： 不是這麼說吧。我們也常在外面餵貓吧。

M ： 啊，對耶。那時候，也是既撫摸又碰觸的。那樣的話，還是帶去接受疫苗注射比較好吧。那麼，下午，我帶牠去吧。

F ： 麻煩你囉。

男人為什麼把貓帶去醫院呢？
1. 因為去年沒有打針。
2. 因為飼養的貓常跑到外面去。
3. 因為來家裡玩的人會觸摸飼養的貓。
4. 因為兩人常觸摸外面的貓。

正解：4

<table>
<tr>
<td>

会社で男の人と女の人が話しています。女の人はどうして缶コーヒーを飲みませんか。

F ： あー、疲れたね。コーヒー飲まない？

M ： そうだね、一息入れよう。自動販売機で買ってくるよ。

F ： 1) <u>いいの、いいの。</u>私が隣のコーヒーショップで買ってくる。いつものでいいよね。

M ： いいけど、缶は口に合わないの？

F ： 2) <u>お店のは砂糖が入ってないでしょ。</u>

M ： <u>それでか。</u>缶の臭いが気になる人もいるみたいだね。

F ： そういう人もいるね。じゃ、買ってくるから、ゆっくり飲もう。

女の人はどうして缶コーヒーを飲みませんか。

1. おいしくないから
2. 缶に口を付けて飲むのがいやだから
3. 甘いから
4. 缶のにおいがするから

</td>
<td>

在公司裡男人與女人正在說話。女人為什麼不喝罐裝咖啡呢？

F ： 啊，好累喔。你要不要喝咖啡呢？

M ： 是呀，我也休息一下吧。我去自動販賣機買回來吧。

F ： 不用不用。我去隔壁的咖啡店買回來吧。你喝跟以前一樣口味的好嗎？

M ： 可以啊。不過，罐裝咖啡不合妳的胃口嗎？

F ： 店裡販賣的不是不會放砂糖嗎？

M ： 是這個原因啊。好像也有人會介意罐子的味道呢。

F ： 也是有這樣的人呢。那麼，我去買囉，然後我們慢慢喝吧。

女人為什麼不喝罐裝咖啡呢？

1. 因為不好喝。
2. 因為討厭用嘴對著罐子喝。
3. 因為很甜。
4. 因為罐子有味道。

正解：3

</td>
</tr>
</table>

重點解說

1）「いいの、いいの」是不要的意思。

2）「それでか」表示理由。因為「そ」指的是前面敘述的部分，所以可知道沒放砂糖是導致在咖啡店買的理由。

サッカーのコーチと女の人が話しています。コーチは何が一番楽しいと言っていますか。

F： サッカー場で試合を見るのは初めてなんですが、テレビで見るのとぜんぜん違いますね。

M： そうでしょ。このサッカー場はプロの国際大会も開催されるところだから子供たちも楽しそうでしょ。私は試合する姿を見るのが大好きなんですよ。

F： 息子を佐藤さんのサッカー教室に通わせて本当によかったです。最近はテレビでもサッカーばっかり見てるんですよ。きょうも朝からはりきってました。

M： そうでしょうね。私も子供の頃はここでプレーするのが夢でしたからね。今は子供たちが日々成長していくのを見るほうがうれしいですけど。

男の人は何が一番楽しいと言っていますか。

1. 子供たちのサッカーを見ること
2. プロとサッカーをすること
3. 子供たちにサッカーを教えること
4. 子供たちからサッカーを習うこと

足球教練正與女人在說話。教練說什麼是最快樂的事呢？

F： 這是我第一次在足球場看的比賽，與在電視上所看的完全不同呢。

M： 沒錯吧。這個足球場因為也是舉辦國際大會的地方，所以小孩子們看起來也玩得很快樂的樣子吧。我很喜歡看他們比賽時的樣子。

F： 讓我兒子來佐藤老師您的足球教室真的是太好了。最近老是在電視上看足球。今天也是從早上開始就精神緊繃。

M： 沒錯吧。我也是從孩提時代就夢想能在這裡比賽呢。現在則是看到孩子們每天不斷成長就覺得很高興。

男人說什麼是最快樂的事呢？

1. 看到孩子們踢足球。
2. 與職業級球員踢足球。
3. 教孩子們足球。
4. 向孩子們學足球。

正解：1

大学で男の留学生と女の学生が話しています。留学生は日本に来て何が一番慣れないと言っていますか。

在大學裡男留學生正與女留學生在說話。留學生說來到日本後最不習慣的是什麼呢？

F： リンさん、日本の生活にはもう慣れた？

M： うん、まあね。来たばかりのころは、満員電車でぎゅうぎゅう押されたり、足を踏まれたりして、びっくりしたけど。

F： 電車っていえば、お年寄りに席を譲らない人も多いと思わない？

M： そうだね。でも、そういう人は僕の国にもいるからね。そういうことより、こっちが悪くなくても、あやまらなきゃならない時ってあるじゃない？バイトしていると。

F： ああ、私もレストランでバイトしてるから、わかるよ。納得いかないこともあるよね。

M： でしょう。1) 敬語は規則を覚えればなんとかなるけど、それが一番慣れないことかなあ。

F： 林小姐，日本的生活已經習慣了嗎？

M： 嗯，還好。剛來的時候，在尖峰時段人擠人的電車裡有時被推擠得動彈不得，有時被踩到腳，真是嚇了一大跳。

F： 說到電車，你不覺得不讓座給老年人的人很多嗎？

M： 是啊。不過，這種人我自己國家也是有呢。比起這種事，打工的時候會發生那種情形吧。明明自己根本沒有不對，卻非要道歉不可。

F： 啊，我也在餐廳裡打工所以我懂。有時還真無法理解呢。

M： 對吧。敬語要是背了的話就還構不成問題，但剛才說的那個才是最不習慣的。

留学生は日本に来て何が一番慣れないと言っていますか。
1. 混んだ電車に乗ること
2. 日本人のマナーの悪さ
3. 敬語を使うこと
4. 客にあやまること

留學生說來到日本後最不習慣是什麼呢？
1. 搭乘人擠人的電車
2. 日本人的不禮貌
3. 使用敬語
4. 向客人道歉

正解：4

🔍 **重點解說**

1）因為敬語不成問題，所以「それが一番慣れない」的「それ」是指之前提到的即便沒有不對卻得道歉。

女の人が話しています。女の人はどうして出版社で働きたいのですか。

F：この春、私は大学を卒業します。大学では英語を専攻していました。子供の頃から本が好きで、趣味は欧米の小説を読むことです。だから、おもしろい欧米の小説をたくさんの人に紹介したいと思っています。そこでまず出版社で働きたいと思っています。大人のための小説だけではなく、子供向けの絵本の仕事もしてみたいです。将来、翻訳にも挑戦してみたいですが、1）会社という組織で仕事のやり方を学んでからでも遅くはないんじゃないかと思っています。

女人正在說話。女人為什麼想在出版社工作呢？

F：今年春天，我就要從大學畢業了。在大學時我專攻的是英文。從小時候開始我就喜歡書，嗜好是閱讀歐美的小說。所以，想向很多人介紹有趣的歐美小說。所以第一志願就是想在出版社工作。不只是適合大人的小說，也想做看看針對小孩子的繪本的工作。將來，也想試著挑戰翻譯的工作。不過我想在那之前，先在公司這樣的組織裡學學工作的方法後才開始翻譯工作也不遲吧。

女の人はどうして出版社で働きたいのですか。

1. 英語がいかせるから
2. 趣味が読書だから
3. 翻訳の仕事ができるから
4. 仕事の方法を勉強したいから

女人為什麼想在出版社工作呢？

1. 因為能活用英語。
2. 因為嗜好是讀書。
3. 因為可以做翻譯的工作。
4. 因為想學習工作的方法。

正解：2

重點解說

1）提到的「仕事のやり方」指的是「仕事の方法」，而翻譯則是學完工作的方法後才開始也不遲，也就是說，先學工作的方法才從事翻譯。

女の人と男の人が話しています。女の人はどうして
怒っていますか。

M： ただいま。……あれ？どうしたの？何か怒って
　　るの？

F： まあね。

M： 会社で何か嫌なことでもあった？

F： 別に。

M： 俺もきょう会社で嫌なことがあったんだ。企画
　　が急に中止になっちゃったんだ。

F： ねえ、どうして私が怒っているか、わからない
　　の？

M： はっきり言わなきゃわかるわけないだろ。

F： 言われなきゃわからないなんて、信じられない
　　わ。

女の人はどうして怒っていますか。

1. 男の人が怒っていることに気づかないから

2. 男の人が怒っている理由を説明してくれないから

3. 男の人の機嫌が悪いから

4. 男の人が怒っている理由に気づかないから

女人與男人正在說話。女人為什
麼生氣？

M： 我回來了……咦，怎麼了？
　　在氣什麼呢？

F： 沒什麼。

M： 在公司裡遇到什麼討厭的人
　　事物嗎？

F： 沒有。

M： 我今天在公司裡也遇到了討
　　厭的事，我負責的企劃突然
　　被終止了。

F： 喂，為什麼我在生氣，你真
　　的不知道嗎？

M： 妳不說清楚的話我當然不會
　　知道吧？

F： 你居然說我不明說你就不會
　　知道？真令人無法置信。

女人為什麼生氣？

1. 因為男人沒注意到女人生氣這
　　件事。

2. 因為男人沒說清楚女人生氣的
　　原因。

3. 因為男人心情不好。

4. 因為男人沒注意到女人生氣的
　　原因。

正解：4

1番 MP3 03-04-16

てんちょう はな
店長が話しています。

F ： アルバイトの人に自信をもって働いてもらうために、私たちの店では研修を行っています。まず、挨拶の練習から始めます。挨拶は一番大切ですから、何度も繰り返して、すらすら言えるようになるまで練習させるんですよ。同時にニコニコ明るい表情で言えているかもチェックします。それができるようになったら、メニューの値段や料理について覚えてもらいます。最後に、メニューに関するお客様からの質問に答えられるようにします。そのときは、先輩スタッフが客になって質問し、答えさせています。

てんちょう なに はな
店長は何について話していますか。
1. 研修の内容について
2. 挨拶の大切さについて
3. メニューの値段について
4. 客がよくする質問について

店長正在說話。

F ： 為了讓打工人員能自信地工作，我們店裡舉辦研修的活動。首先，從打招呼的練習開始。因為打招呼是最重要的，所以我想讓各位反覆練習，直到可以流暢地說出來為止。同時，我也要確認各位能以滿臉笑容的開朗表情說話。這些都做得到以後，我會讓各位記下菜單上的價位及料理名稱。最後，要讓各位能回答客人關於點菜時的問題。這部分要請資深的工作人員擔任客人角色並提出疑問，以訓練打工人員回答的能力。

店長正在說的是關於什麼內容？
1. 關於研修的內容。
2. 關於打招呼的重要性。
3. 關於菜單的價格。
4. 關於客人常提出的疑問。

正解：1

男の人が話しています。

M： 豆の仲間のピーナツは江戸時代に東南アジアから日本に持ち込まれ、現在、7、8割が千葉県で生産されています。ところで、ピーナツは落花生とも言います。漢字で落ちた花から生まれると書きますが、どうしてかご存知ですか。それは花が落ちた後、子房という部分が下に伸びていき土の中に潜ります。そして土の中で実が生るのです。それで落花生とも呼ばれるというわけです。1）ちなみに、ピーナツは栄養を豊富に含んでいますので、そのまま食べたり、料理に使ったりして、毎日少量食べるといいですよ。

男の人は何について話していますか。
1. 落花生の産地について
2. 落花生の栄養について
3. 落花生という名前になった理由について
4. 落花生の食べ方について

男人正在說話。

M： 花生這種豆子的同類植物是在江戶時代從東南亞被帶到日本來。現代有七、八成都是在千葉縣生產的。另外，花生也叫做落花生。漢字字面上看來是從凋謝落地的花所長出的，但各位知道這是為什麼嗎？這是因為花落地後，花的子房部分會向下延伸鑽進土壤裡，然後在土壤中生出種子。所以才被叫做落花生。附帶一提，花生富含營養，直接拿來吃或使用在料理上，每天少量攝取是非常棒的喔。

男人在說關於什麼的話題？
1. 關於落花生的產地。
2. 關於落花生的營養。
3. 關於之所以叫做落花生這個名稱的理由。
4. 關於落花生的食用方法。

正解：3

重點解說

1）的「ちなみに」（附帶一提）使用於說明與主要話題相關的其他話題時。因此其所言內容並非主要的話題。

3番 MP3 03-04-18

女の人と男の人が話しています。

F： 消費税ってこれからも、どんどん上がっていくのかな。

M： 国の借金が1000兆円を超えてるんだから、可能性はあるね。でも、上がったとしても、ものを買ったときにかかるわけだから買わなきゃいいじゃない。

F： だからって、何も食べないってわけにはいかないでしょう。1) 食事に関するものだけでも今のままにするべきじゃないかな。

M： うーん、そうだな。でも、このまま何もしないと子供達に負担がかかるから、消費税を上げるしかないんじゃない？

F： 消費税が必要なことはわかるけど、生活に影響が出ないものにかけてほしいなあ。

女の人が伝えたいことは何ですか。
1. 消費税が上がるのはしかたがない
2. 消費税は未来の子供のために使ってほしい
3. 食品の消費税は上げるべきではない
4. 消費税はすべてなくすべきだ

女人與男人正在說話。

F： 消費稅今後也會逐漸上漲吧。

M： 國家的負債超過1000兆日圓，所以有這個可能喔。不過，即便上漲，也是在買東西時才需要支付，所以不購物的話也就無所謂了吧。

F： 雖說是這樣，但也不能什麼都不吃吧。我想最起碼與飲食相關的消費稅必須要維持與現在相同的程度吧。

M： 嗯，是呀。不過，國家什麼都沒做的話長此以往後代子孫將會負擔大增，所以只有提高消費稅一途了吧。

F： 消費稅是必要之惡沒錯啦，不過我希望別對生活造成影響呀。

女人所要傳達的意思是什麼？
1. 消費稅上漲是無可奈何的事。
2. 希望將消費稅使用於未來的下一代身上。
3. 食品的消費稅不應該上漲。
4. 消費稅應該全面廢止。

正解：3

！ 重點解說

在1）的說明中可知女性的意見是希望與飲食相關的消費稅不要上漲。

1 番 🎧 MP3 03-04-20

M ：	スーパーに牛乳を買いに行きたいです。夫に何と言いますか。	M ：	想去超市買牛奶。要對丈夫說什麼呢？
F ：	1. ちょっと牛乳買いに行ってくれない？	F ：	1. 可以去為我買個牛奶嗎？
	2. ちょっと牛乳買ってきてもいい？		2. 我去買個牛奶回來好嗎？
	3. ちょっと牛乳買ったほうがいい？		3. 去買個牛奶比較好吧？

正解：2

🔍 重點解說

這個問題是說話者想去，所以選項 2 徵求許可的表現是正確的。選項 1 是拜託丈夫時的說法。

2 番 🎧 MP3 03-04-21

M ：	イベントの会場がどこかわかりません。何と言いますか。	M ：	不知道活動會場的地點時該說什麼？
F ：	1. 会場の場所は受付でお尋ねください。	F ：	1. 會場的場所地點，請去問櫃台。
	2. 会場まで案内しましょうか。		2. 我來為您介紹如何去會場吧。
	3. 会場の場所をお聞きしたいのですが。		3. 我想問一下關於會場的地點。

正解：3

🔍 重點解說

選項 1 也有「受付でお聞きになってください」（請在櫃台詢問會場的場所地點）這樣的說法。

3番 (MP3) 03-04-22

M： 待ち合わせに遅れてしまいました。友達に何と言いますか。

F： 1. 待たせて、ごめんね。
2. 今、来たところだよ。
3. 遅いから、心配したよ。

M： 跟朋友約見面但是遲到了。該向朋友說什麼呢？

F： 1. 抱歉讓你久等了。
2. 我剛剛才到。
3. 因為遲到了，我很擔心喔。

正解：1

4番 (MP3) 03-04-23

M： お客様が転んでけがをしました。何と言いますか。

F： 1. お客様、どうなさいましたか。
2. お客様、どうなさいますか。
3. お客様、どうぞお気をつけください。

M： 客人因為跌倒受了傷。此時應該說什麼呢？

F： 1. 客人您怎麼了？
2. 客人您打算怎麼辦呢？
3. 客人請您小心注意。

正解：1

！ 重點解說

選項2的「どうなさいますか」是「どうしますか」（您打算怎麼做）的意思。例如，在美髮店等向對方詢問髮型想怎麼做等時機時使用。

1 番 (MP3) 03-04-25

F： お住まいはどちらですか。

M： 1. 東京に住んでおります。

2. 東京か千葉か考えているところです。

3. 東京に住んでいるのは吉永さんです。

F： 請問您住在哪裡呢？

M： 1. 我住在東京。

2. 我正在考慮住東京或是住千葉。

3. 住在東京的是吉永。

正解：**1**

2 番 (MP3) 03-04-26

M： この雑誌、一冊もらおうかな。

F： 1. はい、ご自由にお持ちください。

2. あのう、それは有料なんですが。

3. はい、２７０円でございます。

M： 這個雜誌，我來買個一冊吧。

F： 1. 好的，請自由索取。

2. 呃，那是在販賣的喔。

3. 好的，270 日圓。

正解：**3**

重點解說

題中的「一冊もらおうかな」（我來買個一冊吧）是購入時的說法。如果是想拿到免費的東西時應該說「これ、もらってもいいですか」（這個，可以拿嗎？）。

3 番 (MP3) 03-04-27

F： その仕事は高田さんに頼んでください。

M： 1. はい、私に任せてください。

2. わかりました。高田さんにお願いします。

3. では、高田さんにお願いできますか。

F： 那個工作請拜託高田。

M： 1. 好的，請託付給我。

2. 我知道了。我去拜託高田。

3. 那麼，可以拜託高田嗎？

正解：**2**

重點解說

題中的「頼む」是拜託某人、麻煩某人的意思。

4番 🎧 MP3 03-04-28

M： こちらで待たせていただいてもよろしいでしょうか。

F： 1. はい、どうもお待ちどおさまでした。

2. はい、大変お待たせいたしました。

3. はい、こちらでお待ちください。

M： 我可以在這裡等一下嗎？

F： 1. 好的。抱歉讓您久等了。

2. 好的。讓您等了這麼久真是抱歉。

3. 好的。請您在這裡等一下。

正解：3

! 🔍 重點解說

題中的「待たせていただいてもよろしいでしょうか」是「待ってもいいですか」（我可以等嗎？）的意思。

5番 🎧 MP3 03-04-29

F： 寒い日の鍋ほどおいしいものはないね。

M： 1. そうだね。すき焼きほどじゃないね。

2. うん、寒い日は鍋に限るね。

3. そうかな。鍋って割りとおいしいよね。

F： 寒冷的日子裡像火鍋這樣好吃的東西應該是沒有了吧。

M： 1. 是啊。沒有像壽喜鍋那樣好吃呢。

2. 嗯，寒冷的日子裡吃鍋最棒了呢。

3. 是這樣嗎？火鍋還算好吃呢。

正解：2

! 🔍 重點解說

「～ほど～Nはない」是「～が一番～（だ）」（～是最～了）這樣的意思，也可以用「～に限る」這樣的方法表現。說成「寒い日は鍋に限るね」（寒冷的日子裡吃鍋最棒了呢）也會有近乎一樣的意思。這裡的「割りと」是「まあまあ」（還說得過去）的意思。

6番 🎵 MP3 03-04-30

F ： これって誰が届けることになってるの？

M ： 1. 長野さんが行ってくれるそうです。

2. 長野が連絡したところ、今日中には届くそうです。

3. 長野さんに届いたらしいですよ。

F ： 這是誰要送的？

M ： 1. 聽說是長野要去送的樣子。

2. 長野剛剛有聯絡，聽說今天會送到的樣子。

3. 聽說是已經送去給長野了的樣子喔。　　正解：1

7番 🎵 MP3 03-04-31

M ： スーパーに行くけど、ついでに何か買ってこようか。

F ： 1. 遠慮しないで。

2. ううん、買わないで。

3. うーん、特にないかな。

M ： 我要去超市，要不要順便買些什麼回來呢？

F ： 1. 請別客氣。

2. 不用喔，請別買。

3. 嗯……應該沒有特別需要的吧！　　正解：3

8番 🎵 MP3 03-04-32

F ： 私にこの仕事ができるでしょうか。

M ： 1. なんでやらせてもらえないんですか。

2. 私はできると思いますよ。

3. 誰にでも失敗はあるよ。

F ： 這工作對我而言應該是做得了吧？

M ： 1. 為什麼不讓我做呢？

2. 我想妳做得了沒問題。

3. 誰都有失敗的可能喔。　　正解：2

9番 🎧 MP3 03-04-33

M： <u>1) これってどうやって書けばいいんですか。</u>

F： 1. ええ、今、書いているところです。
　　 2. 書き方をご説明しましょうか。
　　 3. ええ、書いてもいいですよ。

M： 這要怎麼寫好呢？

F： 1. 是啊，我現在正在寫。
　　 2. 我來說明寫的方法吧！
　　 3. 嗯，你可以寫喔！

正解：2

❗ 重點解說

1)「どうやって書けばいいんですか」（該怎麼～好呢？）是使用於問他人方法時的說法。